# TRANZLATY

## Sprache ist für alle da

اللغة للجميع

# Die Verwandlung
التحول


# Franz Kafka
فرانز كافكا


# Deutsch
العربية

ISBN: 978-1-83566-641-8
Die Verwandlung
Franz Kafka, 1915

www.tranzlaty.com

## Teil Eins
## الجزء الأول

Gregor Samsa erwachte eines Morgens aus unruhigen Träumen.

استيقظ غريغور سامسا ذات صباح من أحلام مزعجة.

Er befand sich in seinem Bett, konnte sich aber nicht bewegen.

وجد نفسه في سريره، لكنه لم يستطع الحركة.

Er war in ein monströses Ungeziefer verwandelt worden.

لقد تحول إلى حشرة وحشية.

Er lag auf dem Rücken, der sich hart wie eine Rüstung anfühlte.

كان مستلقياً على ظهره، الذي كان صلباً كالدروع.

Indem er den Kopf ein wenig hob, konnte er seinen Bauch sehen.

برفع رأسه قليلاً استطاع أن يرى بطنه.

Sein Bauch aber war gewölbt und in Segmente unterteilt.

لكن بطنه كان محدباً، ومقسماً إلى أجزاء.

Die Decke lag auf seinem runden Bauch.

كانت البطانية مستقرة فوق بطنه المستدير.

Die Decke war jedoch kurz davor, ganz herunterzurutschen.

لكن البطانية كانت على وشك الانزلاق بالكامل.

Seine Beine wirkten im Vergleich zu ihrer üblichen Größe jämmerlich.

كانت ساقاه هزيلتين مقارنة بحجمهما المعتاد.

Und seine vielen Beine flackerten hilflos vor seinen Augen.

وارتعشت أرجله الكثيرة بلا حول ولا قوة أمام عينيه.

„Was ist nur mit mir geschehen?", dachte er bei sich.

"ما الذي حدث لي؟" فكر في نفسه.

Aber es war kein Traum, aus dem er nicht erwachen konnte.

لكن لم يكن حلماً لا يستطيع الاستيقاظ منه.

Es war tatsächlich sein eigenes Zimmer, in dem er sich wiederfand.

لقد وجد نفسه بالفعل في غرفته الخاصة.

Ein richtiges Zimmer für Menschen, aber leider etwas zu klein.

غرفة حقيقية للبشر، لكنها صغيرة بعض الشيء.

Er lag still zwischen den vier bekannten Mauern.

استلقى بهدوء بين الجدران الأربعة المعروفة.

Auf dem Tisch befand sich eine Sammlung von Textilmustern.

كانت على الطاولة مجموعة من عينات المنسوجات.

Samsa war Handelsreisender, daher die Muster.

كان سامسا بائعاً متجولاً، ومن هنا جاءت العينات.

Über den auseinandergenommenen Textilproben hing ein Bild.

كانت هناك صورة فوق عينات النسيج المفككة.

Er hatte das Bild erst vor Kurzem aus einer Zeitschrift ausgeschnitten.

قام مؤخراً بقص الصورة من إحدى المجلات.

Er hatte das Bild in einen hübschen, vergoldeten Rahmen gefasst.

لقد وضع الصورة في إطار جميل مذهب.

Das gerahmte Bild zeigte eine aufrecht sitzende Dame.

كانت الصورة المؤطرة تصور سيدة جالسة منتصبة.

Sie trug eine Pelzmütze und hatte einen Pelzmuff.

كانت ترتدي قبعة من الفرو، وكان لديها قفاز من الفرو.

Sie hob ihre Hand in Richtung des Betrachters des Bildes.

كانت ترفع يدها باتجاه مشاهد الصورة.

Ihr ganzer Unterarm verschwand in ihrem schweren Pelzmuff.

اختفى ساعدها بالكامل داخل معطفها الفروي الثقيل.

Gregor blickte aus dem Fenster auf das trübe Wetter.

نظر غريغور من النافذة إلى الطقس الكئيب.

Man konnte hören, wie schwere Regentropfen gegen das Fenster prasselten.

كان بالإمكان سماع صوت قطرات المطر الغزيرة وهي تضرب النافذة.

Das graue Wetter stimmte ihn sehr melancholisch.

جعله الطقس الرمادي يشعر بالحزن الشديد.

„Wie wäre es, wenn ich noch ein bisschen länger schlafe?", dachte er.

"ماذا لو نمت لفترة أطول قليلاً؟" فكر.

"Mehr Schlaf könnte mir helfen, diesen Unsinn zu vergessen."

"ربما يساعدني المزيد من النوم على نسيان هذا الهراء".

Länger zu schlafen war jedoch völlig unmöglich.

لكن النوم لفترة أطول كان أمراً مستحيلاً تماماً.

Weil er es gewohnt war, auf seiner rechten Seite zu schlafen.

لأنه كان معتاداً على النوم على جانبه الأيمن.

Sein aktueller Zustand schränkte jedoch seine üblichen Bewegungsfreiheiten ein.

لكن حالته الراهنة حالت دون قيامه بحركاته المعتادة.

Er hatte keine Möglichkeit, in diese Lage zu gelangen.

لم يكن لديه أي وسيلة للوصول إلى هذا الموقف.

Er versuchte sein Bestes, sich auf die rechte Seite zu werfen.

بذل قصارى جهده ليلقي بنفسه على جانبه الأيمن.

Er hat diese Bewegung wahrscheinlich hundertmal versucht.

ربما حاول القيام بهذه الحركة مئة مرة.

Aber er kippte immer wieder in die Rückenlage zurück.

لكنه كان دائماً ما يعود إلى وضعية الاستلقاء على الظهر.

Er schloss die Augen, um seine unruhigen Beine nicht sehen zu müssen.

أغمض عينيه حتى لا يرى ساقيه المتوترتين.

Am Ende hinderten ihn seine Schmerzen daran, es noch einmal zu versuchen.

في النهاية، منعه ألمه من المحاولة مرة أخرى.

Ein dumpfer Schmerz in der Seite, den er noch nie zuvor gespürt hatte.

ألم خفيف في جانبه لم يشعر به من قبل.

„Oh Gott", dachte Gregor Samsa verzweifelt bei sich.

"يا إلهي"، فكر غريغور سامسا في نفسه بيأس.

"Was für einen anstrengenden Beruf ich mir da doch ausgesucht habe!"

"يا لها من مهنة شاقة اخترتها لنفسي"!

„Ich muss beruflich Tag für Tag reisen."

"يومًا بعد يوم، عليّ أن أسافر كثيرًا من أجل العمل".

„Büroarbeit ist viel einfacher als die Arbeit unterwegs."

"العمل المكتبي أسهل بكثير من العمل على الطريق".

„Und ich habe den Fluch, ständig reisen zu müssen."

"وأنا أعاني من لعنة الاضطرار إلى السفر والتنقل".

„Die ganze Sorge, die Züge nicht rechtzeitig zu verpassen."

"كل المخاوف بشأن الوصول في الوقت المحدد للقطارات".

„Meine Mahlzeiten sind unregelmäßig und das Essen ist schlecht."

"مواعيد وجباتي غير منتظمة، والطعام سيء".

„Meine Freunde wechseln ständig, je nachdem, wo ich hinziehe."

"أصدقائي يتغيرون باستمرار من مدينة إلى أخرى".

„Meine Interaktionen sind kühl und professionell."

"التفاعلات التي أجريها باردة ومهنية".

„Sollen sich doch die Teufel mit solchen Arbeiten vergnügen!"

"دع الشيطان يتسلى بهذا النوع من العمل"!

Er verspürte ein leichtes Jucken im oberen Bereich seines Bauches.

شعر بحكة خفيفة في أعلى بطنه.

**Er stemmte sich mit dem Rücken gegen den Bettpfosten.**

دفع نفسه بظهره نحو عمود السرير.

**Er wollte seinen Kopf besser heben können.**

كان يريد أن يكون قادراً على رفع رأسه بشكل أفضل.

**Er fand die juckende Stelle, die ihn plagte.**

وجد البقعة التي كانت تسبب له الحكة والتي كانت تزعجه.

**Sein Kopf schien mit kleinen weißen Punkten bedeckt zu sein.**

بدا رأسه مغطى بنقاط بيضاء صغيرة.

**Was diese kleinen weißen Punkte waren, konnte er nicht sagen.**

لم يستطع تحديد ماهية هذه النقاط البيضاء الصغيرة.

**Er hatte geplant, die Stelle mit einem seiner Beine zu berühren.**

كان يخطط للمس تلك البقعة بإحدى ساقيه.

**Doch als er die Stelle berührte, verspürte er ein seltsames Frösteln.**

لكن عندما لمس تلك البقعة شعر بقشعريرة غريبة.

**Daraufhin zog er sein Bein sofort von der Stelle weg.**

فسحب ساقه على الفور من المكان.

**Ihm blieb nichts anderes übrig, als das Jucken zu ertragen.**

لم يكن أمامه خيار سوى تقبّل الشعور بالحكة.

**Und er kehrte in seine vorherige Position im Bett zurück.**

ثم عاد إلى وضعه السابق في السرير.

**„Wer so früh aufwacht, wird echt ziemlich dumm."**

"الاستيقاظ مبكراً جداً يجعل المرء غبياً للغاية".

**„Ein Mann braucht genug Schlaf", dachte er sich.**

"يجب أن يحصل الرجل على قسطٍ كافٍ من النوم"، هكذا فكر في نفسه.

**„Die anderen Handelsreisenden leben in Luxus."**

"أما الباعة المتجولون الآخرون فيعيشون حياة مترفة".

„Morgens übermittle ich die erhaltenen Bestellungen."

"في الصباح أقوم بتحويل الطلبات التي تلقيتها".

„Währenddessen frühstücken die Herren noch."

"في هذه الأثناء، لا يزال هؤلاء السادة يتناولون وجبة الإفطار".

„Stellen Sie sich nur vor, ich würde das bei meinem Chef
versuchen."

"تخيلوا لو حاولت فعل ذلك مع مديري".

„Er würde mich feuern, bevor ich mit dem Frühstück fertig
bin."

"كان يطردني قبل أن أنتهي من تناول فطوري".

„Aber vielleicht wäre das auch nicht das Schlimmste."

"لكن ربما لن يكون ذلك أسوأ شيء أيضاً".

„Das Problem ist, dass meine Eltern mich zurückhalten."

"المشكلة هي أن والديّ يعيقانني".

„Ohne sie hätte ich schon längst gekündigt."

"لولاهم لكنت قد استقلت بالفعل".

„Ich hätte mich dem Chef entgegengestellt und es ihm
gesagt."

"كنت سأقف في وجه المدير وأخبره بذلك".

„Ich würde genau sagen, was ich von ihm und der Stelle
halte."

"سأقول بالضبط ما أفكر فيه بشأنه وبشأن الوظيفة".

„Er würde vom Schreibtisch fallen, wenn ich ihm alles
erzählen würde!"

"سيسقط من على مكتبه لو أخبرته بكل شيء"!

„Es ist sehr seltsam, wie er an seinem Schreibtisch sitzt."

"من الغريب جداً الطريقة التي يجلس بها على مكتبه".

„Seine Art, mit seinen Untergebenen zu sprechen, ist nicht
in Ordnung."

"طريقة حديثه مع مرؤوسيه ليست صحيحة".

„Und das Schlimmste ist, dass sein Gehör so schlecht ist."

"والأسوأ من ذلك كله أن سمعه ضعيف للغاية".

„Sie haben also keine andere Wahl, als ganz nah bei ihm zu sitzen."

"لذا ليس أمامك خيار سوى الجلوس بالقرب منه جداً".

„Aber trotz allem ist die Hoffnung noch nicht völlig verloren."

"لكن مع كل ذلك، لم يضع الأمل تماماً بعد".

„Ich werde das Geld sparen, um die Schulden meiner Eltern zu begleichen."

"سأدخر المال لسداد ديون والديّ".

„Ich kann nichts tun, solange sie ihm noch Geld schulden."

"لا أستطيع فعل أي شيء طالما أنهم ما زالوا مدينين له بالمال".

„Aber wenn die Schulden beglichen sind, werde ich es auf jeden Fall tun."

"لكن عندما يتم سداد الدين، سأفعل ذلك بالتأكيد".

„Es wird wahrscheinlich noch fünf bis sechs Jahre dauern."

"ربما سيستغرق الأمر من خمس إلى ست سنوات أخرى".

"Ja, dann wird die große Trennung definitiv erfolgen."

"نعم، عندها سيتم الفصل الكبير بالتأكيد".

„Fürs Erste muss ich jedoch aufstehen."

"لكن في الوقت الحالي، يجب أن أنهض من السرير".

„Weil mein Zug um fünf Uhr abfährt."

"لأن قطاري سيغادر في الساعة الخامسة".

Gregor blickte auf den tickenden Wecker auf dem Tisch.

نظر غريغور إلى ساعة المنبه التي تدق على الطاولة.

"Himmlischer Vater!", dachte er, als er die Uhrzeit sah.

"يا إلهي!" فكر وهو ينظر إلى الساعة.

Halb sieben war schon still und leise vergangen.

كانت الساعة السادسة والنصف قد مرت بهدوء وغادرت.

Und die Zeiger der Uhr bewegten sich immer weiter vorwärts.

واستمرت عقارب الساعة في التحرك للأمام.

Es war nun fast Viertel vor sieben.

والآن اقتربت الساعة من السابعة إلا ربعاً.

"Vielleicht hat der Wecker nicht geklingelt, um mich zu wecken?", dachte er.

"ربما لم يرن المنبه لإيقاظي؟" فكر.

Von seinem Bett aus inspizierte Gregor den Wecker.

قام غريغور بتفقد ساعة المنبه من سريره.

Der Wecker war korrekt auf vier Uhr eingestellt.

تم ضبط المنبه بشكل صحيح على الساعة الرابعة.

Er konnte es sich nicht erklären, aber der Alarm musste losgegangen sein.

لم يستطع تفسير ذلك، لكن لا بد أن جرس الإنذار قد دق.

"Wie konnte ich den Wecker verschlafen, ohne es zu merken?"

"كيف نمتُ دون أن أشعر بصوت المنبه؟"

Wenn der Alarm losgeht, wackeln sogar die Möbel.

عندما يرن جرس الإنذار، يهز الأثاث أيضاً.

Er wusste, dass sein Schlaf alles andere als ruhig gewesen war.

كان يعلم أن نومه لم يكن هادئاً على الإطلاق.

Aber vielleicht war das der Grund, warum sein Schlaf so viel tiefer war.

لكن ربما كان هذا هو السبب في أن نومه كان أعمق بكثير.

Er musste darüber nachdenken, was er nun tun sollte.

كان عليه أن يفكر فيما يجب عليه فعله الآن.

Der nächste Zug fuhr erst um sieben Uhr ab.

لم يغادر القطار التالي حتى الساعة السابعة.

Diesen Zug zu erreichen, wäre nahezu unmöglich.

سيكون اللحاق بذلك القطار شبه مستحيل.

Und die benötigten Textilien hatte er noch nicht eingepackt.

ولم يكن قد حزم بعد الأقمشة التي يحتاجها.

Er fühlte sich auch nicht besonders frisch und agil.

لم يكن يشعر بالانتعاش والنشاط بشكل خاص أيضاً.

**Vielleicht bestand die Möglichkeit, in den Zug einzusteigen.**

ربما كانت هناك فرصة للصعود إلى القطار.

**Doch ein Tadel vom Chef war so oder so unvermeidlich.**

لكن التوبيخ من المدير كان أمراً لا مفر منه في كلتا الحالتين.

**Der Angestellte wäre in den Fünf-Uhr-Zug eingestiegen.**

كان الموظف سيستقل قطار الساعة الخامسة.

**Der Büroangestellte war ein willensschwaches Werkzeug des Chefs.**

كان موظف المكتب مخلوقاً ضعيف الشخصية تابعاً لرئيسه.

**Gregors Abwesenheit wäre also bereits gemeldet worden.**

لذا، كان من المفترض أن يتم الإبلاغ عن غياب غريغور بالفعل.

**„Was wäre, wenn ich mich krankmelde?“, überlegte Gregor.**

"ماذا لو اتصلت لأخبرهم أنني مريض؟" كان غريغور يفكر.

**Das wäre aber äußerst peinlich und verdächtig.**

لكن ذلك سيكون محرجاً للغاية ومثيراً للريبة.

**Gregor war in der gesamten Zeit, die er dort arbeitete, nie krank gewesen.**

لم يمرض غريغور قط خلال فترة عمله هناك.

**Und er hatte ihnen bereits fünf Jahre Dienst geleistet.**

وكان قد منحهم بالفعل خمس سنوات من الخدمة.

**Die Chancen standen gut, dass der Chef vorbeikommen würde, um nach ihm zu sehen.**

كان من المرجح أن يأتي المدير للاطمئنان عليه.

**Er würde wahrscheinlich den Arzt der Krankenversicherung mitbringen.**

من المحتمل أنه سيحضر طبيب التأمين الصحي.

**Und er würde die Eltern für ihren faulen Sohn verantwortlich machen.**

وكان سيلقي باللوم على الوالدين بسبب كسل ابنهما.

**Sie könnten gegen ihn keine Einwände erheben.**

لن يكون بمقدورهم الاعتراض عليه.

**Denn für ihn gab es nur zwei Arten von Arbeitern.**

لأنه بالنسبة له لم يكن هناك سوى نوعين من العمال.

**Entweder waren die Arbeiter kerngesund oder arbeitsscheu.**

إما أن العمال كانوا يتمتعون بصحة جيدة تماماً، أو أنهم كانوا يتهربون من العمل.

**Und läge er mit dieser grundlegenden Analyse überhaupt falsch?**

وهل سيكون مخطئاً حتى في هذا التحليل الأساسي؟

**In diesem Fall hatte er sicherlich ein starkes Argument.**

بالتأكيد، في هذه الحالة، كان لديه حجة قوية.

**Trotz seines Aussehens fühlte sich Gregor tatsächlich recht wohl.**

على الرغم من مظهره، كان غريغور يشعر في الواقع بحالة جيدة جداً.

**Der unnötig lange Schlaf hatte ihn etwas schläfrig gemacht.**

تسبب له النوم الطويل غير الضروري في الشعور بالنعاس قليلاً.

**Abgesehen davon konnte er sich aber über keine Krankheit beklagen.**

لكن بصرف النظر عن ذلك، لم يكن بإمكانه الشكوى من المرض.

**Er verspürte sogar einen besonders starken und gesunden Hunger.**

بل إنه شعر بجوع شديد وصحي بشكل خاص.

**Während er diesen Gedanken nachging, schlug die Uhr erneut.**

وبينما كان يفكر في هذه الأفكار، دقّت الساعة مرة أخرى.

**Laut Alarm war es jetzt Viertel vor sieben.**

وبحسب جهاز الإنذار، فقد كانت الساعة الآن السابعة إلا ربعاً.

**Und nun klopfte es auch leise an der Tür.**

ثم سُمعت طرقة خفيفة على الباب.

**„Gregor", rief ihm jemand zu – es war die Mutter.**

"غريغور"، ناداه أحدهم - كانت الأم.

„Es ist Viertel vor sieben", bestätigte sie den Alarm.

"إنها الساعة السابعة إلا ربعاً"، أكدت صوت الإنذار.

"Wolltest du nicht gehen?", fragte die sanfte Stimme.

"ألم ترغب في المغادرة؟" سأل الصوت الرقيق.

Gregor erschrak, als er seine eigene Stimme antworten hörte.

شعر غريغور بالخوف عندما سمع صوته يجيبه.

Es war immer noch dieselbe Stimme, die er schon immer hatte.

كان الصوت لا يزال هو الصوت الذي كان يمتلكه دائماً.

Doch nun mischte sich ein neuer Klang in seine Stimme.

لكن كان هناك الآن صوت جديد ممزوج بصوته.

Tief aus seinem Inneren entfuhr ihm auch ein schmerzhafter Schrei.

وخرجت من أعماقه صرخة مؤلمة أيضاً.

Zunächst schien seine Stimme die Worte klar zu formen.

في البداية، بدا صوته وكأنه يشكل الكلمات بوضوح.

Doch dann hörte Gregor das Echo seiner Stimme in seinem Kopf.

لكن بعد ذلك سمع غريغور صدى صوته في ذهنه.

Die Aufnahme seiner Stimme ist auf seltsame Weise zerbrochen.

انقطع تسجيل صوته بطريقة غريبة.

Und er war sich nicht sicher, ob er richtig gehört hatte.

ولم يكن متأكداً مما إذا كان قد سمع الأمور بشكل صحيح.

Gregor verspürte den starken Wunsch, eine ausführliche Antwort zu geben.

شعر غريغور برغبة شديدة في تقديم إجابة مفصلة.

Er wollte seiner Mutter alles genau erklären.

أراد أن يشرح كل شيء بوضوح لأمه.

Doch angesichts der Umstände musste er sich einschränken.

لكن، بالنظر إلى الظروف، كان عليه أن يحد من نفسه.

Und er antwortete viel kürzer, als er es gern getan hätte.

وأجاب بإجابات أقصر بكثير مما كان يرغب.

"Ja, Mutter, keine Sorge, danke, ich bin schon wach."

"نعم يا أمي، لا تقلقي، شكراً لكِ، لقد استيقظت بالفعل".

Die Holztür trug vermutlich dazu bei, seine Stimme zu
dämpfen.

ربما ساعد الباب الخشبي في كتم صوته.

Draußen blieb die Veränderung in Gregors Stimme
unbemerkt.

أما التغيير في صوت غريغور فلم يلاحظه أحد.

Die Mutter schien mit seiner Erklärung zufrieden zu sein.

بدت الأم راضية عن تفسيره.

Und sie ging genauso leise wieder, wie sie gekommen war.

وغادرت مرة أخرى بنفس الهدوء الذي أتت به.

Doch das kurze Gespräch hatte eine unerwünschte Folge.

لكنّ هذا الحديث القصير كان له أثر غير مرغوب فيه.

Er erregte die Aufmerksamkeit der anderen
Familienmitglieder.

لفت انتباه باقي أفراد العائلة.

Gregor war noch zu Hause und nicht zur Arbeit gegangen.

كان غريغور لا يزال في المنزل ولم يذهب إلى العمل.

Und nun klopfte auch der Vater an die Seitentür.

ثم طرق الأب الباب الجانبي أيضاً.

Er klopfte schwach, aber entschlossen mit der Faust.

طرق بقبضته بضعف، لكن بعزم.

„Gregor, Gregor", rief er, „was ist das Problem?"

"غريغور، غريغور"، نادى قائلاً: "ما المشكلة؟"

Nach einer Weile warnte er erneut, diesmal mit tieferer
Stimme.

وبعد فترة وجيزة، حذر مرة أخرى بصوت أعمق.

Doch nun klopfte die Schwester an die andere Tür.

لكن الأخت طرقت الباب من الجهة الأخرى.

"Gregor? Geht es dir nicht gut?", fragte sie leise.

سألته بهدوء: "غريغور؟ هل أنت لست بخير؟"

„Brauchen Sie irgendetwas?", fragte sie besorgt.

سألته بقلق: "هل تحتاجين إلى أي شيء؟"

Gregor antwortete beiden Seiten: „Ich bin schon fertig."

أجاب غريغور كلا الجانبين: "لقد انتهيت بالفعل."

Er hatte sich größte Mühe gegeben, alle Wörter sorgfältig auszusprechen.

لقد بذل قصارى جهده لنطق جميع الكلمات بعناية.

Und er entfernte alles Auffällige aus seiner Stimme.

وأزال كل ما هو واضح في صوته.

Auch der Vater schien mit der Antwort zufrieden zu sein.

وبدا الأب راضياً أيضاً عن الإجابة.

Und er kehrte zu seinem unvollendeten Frühstück zurück.

ثم عاد إلى فطوره غير المكتمل.

Doch die Schwester flüsterte: „Gregor, mach auf, ich flehe dich an."

لكن الأخت همست قائلة: "غريغور، افتح الباب، أتوسل إليك."

Doch ihre Sorge um ihn konnte ihn in keiner Weise bewegen.

لكن قلقها عليه لم يستطع أن يحركه بأي شكل من الأشكال.

Gregor hatte nicht die Absicht, ihr die Tür zu öffnen.

لم يكن لدى غريغور أي نية لفتح الباب لها.

Durch seine Reisen hatte er sich einige vorsichtige Gewohnheiten angeeignet.

لقد اكتسب بعض العادات الحذرة من السفر.

Und er lobte sich selbst dafür, die Türen abgeschlossen zu haben.

وأثنى على نفسه لأنه أغلق الأبواب.

Zunächst wollte er in Ruhe und in seinem eigenen Tempo aufstehen.

أراد أولاً أن ينهض بهدوء وفي الوقت الذي يناسبه.

Und er wollte sich ungestört anziehen.

ودون أن يزعجه أحد، أراد أن يرتدي ملابسه.

Nachdem er das geschafft hatte, wollte er frühstücken.

وبعد تحقيق ذلك، أراد تناول وجبة الإفطار.

Erst dann wollte er die Situation weiter überdenken.

عندها فقط أراد أن يفكر في الأمر أكثر.

Er wusste, dass es sinnlos war, im Bett Pläne zu schmieden.

كان يعلم أنه لا فائدة من وضع الخطط في السرير.

Zu einem vernünftigen Schluss zu gelangen, wäre
unmöglich.

سيكون التوصل إلى استنتاج معقول أمراً مستحيلاً.

Es gab schon andere Male, da war er mit leichten Schmerzen
aufgewacht.

كانت هناك أوقات أخرى استيقظ فيها وهو يعاني من آلام طفيفة.

Diese Schmerzen erwiesen sich stets als reine Einbildung.

تبين أن هذه الآلام كانت دائماً مجرد خيال.

Beim Aufstehen verschwanden die Schmerzen ausnahmslos.

عند النهوض من السرير، كان الألم يختفي حتماً.

Er war neugierig, was mit diesen Ideen geschehen würde.

كان متشوقاً لمعرفة ما سيحدث لهذه الأفكار.

Die Veränderung seiner Stimme war wahrscheinlich nur auf
eine Erkältung zurückzuführen.

ربما كان تغير صوته ناتجاً عن نزلة برد.

Erkältungen sind für Reisende einfach ein Berufsrisiko.

نزلات البرد مجرد خطر مهني يواجهه المسافرون.

Er hatte keinen Zweifel daran, dass dies die logische
Erklärung war.

لم يكن لديه أدنى شك في أن ذلك هو التفسير المنطقي.

Es gelang ihm mühelos, die Decke von sich zu streifen.

كان نزع الغطاء عنه أمراً سهلاً.

Er musste nur einatmen und sich aufblasen.

كل ما كان عليه فعله هو أن يتنفس وينفخ نفسه.

**Die Decke rutschte von seinem Körper und landete auf dem Boden.**

انزلقت البطانية عن جسده، وسقطت على الأرض.

**Sein unglaublich breiter Körperbau erschwerte auch andere Dinge.**

جسده العريض بشكل لا يصدق جعل الأمور الأخرى صعبة.

**Er hätte Arme und Hände gebraucht, um aufzustehen.**

كان سيحتاج إلى ذراعين ويدين ليقف.

**Aber er hatte nicht mehr die Gliedmaßen, die er früher gehabt hatte.**

لكن لم تعد لديه الأطراف التي كان يمتلكها سابقاً.

**Anstelle von Armen und Händen hatte er viele kleine Beine.**

بدلاً من الأذرع والأيدي، كان لديه الكثير من الأرجل الصغيرة.

**Und seine Beine bewegten sich ständig, ohne dass er es kontrollieren konnte.**

وكانت ساقاه تتحركان باستمرار، دون سيطرته.

**Er versuchte, ein Bein zu beugen, aber stattdessen streckte es sich.**

حاول ثني إحدى ساقيه، لكنها امتدت بدلاً من ذلك.

**Schließlich gelang es ihm, ein Bein unter seine Kontrolle zu bringen.**

وأخيراً تمكن من السيطرة على إحدى ساقيه.

**Doch dann wurde die Bewegung der anderen Beine freigegeben.**

لكن بعد ذلك تم تحرير حركة الأرجل الأخرى.

**Und seine Beine zuckten vor lauter Aufregung.**

وارتجفت جميع ساقيه من شدة الإثارة.

**Zuerst wollte er seinen Unterkörper aus dem Bett bekommen.**

أراد أولاً إخراج الجزء السفلي من جسده من السرير.

**Seinen Unterkörper hatte er aber noch nicht gesehen.**

لكنه لم يرَ الجزء السفلي من جسده بعد.

**Und es erwies sich ohnehin als zu schwierig, diesen Teil zu versetzen.**

وقد ثبت أنه من الصعب للغاية تحريك هذا الجزء على أي حال.

**Schließlich wagte er mit all seiner Kraft einen waghalsigen Schritt.**

وأخيراً، وبكل قوته، قام بحركة واحدة متهورة.

**Ohne weiter zu zögern, trat er vorwärts.**

ودون مزيد من التردد، تقدم إلى الأمام.

**Doch er hatte die falsche Richtung eingeschlagen.**

لكنه اختار الاتجاه الخاطئ للتحرك إليه.

**Er schlug mit voller Wucht mit dem Körper gegen den unteren Bettpfosten.**

ضرب جسده بعنف على العمود السفلي للسرير.

**Der brennende Schmerz, den er empfand, lehrte ihn eine wertvolle Lektion.**

لقد علّمه الألم الحارق الذي شعر به درساً قيماً.

**Sein Unterkörper war vielleicht empfindlicher.**

ربما كان الجزء السفلي من جسده أكثر حساسية.

**Also versuchte er zuerst, seinen Oberkörper aus dem Bett zu bekommen.**

لذا حاول إخراج الجزء العلوي من جسده من السرير أولاً.

**Er drehte seinen Kopf vorsichtig in die richtige Richtung.**

أدار رأسه بحرص في الاتجاه الصحيح.

**Und schon bald lag sein Kopf am Bettrand.**

وسرعان ما أصبح رأسه متجهاً نحو حافة السرير.

**Diese vorsichtige Vorgehensweise fiel ihm tatsächlich leicht.**

كانت هذه الحركة الحذرة سهلة بالنسبة له في الواقع.

**Und weder seine Breite noch sein Gewicht hinderten ihn an seinen Bewegungen.**

ولم يمنعه عرضه ووزنه من الحركة.

Die Masse seines Körpers folgte langsam der Drehung des Kopfes.

تبعت كتلة جسده ببطء حركة رأسه.

Doch dann streckte er den Kopf über die Bettkante.

لكن بعد ذلك رفع رأسه فوق حافة السرير.

Und er sah sich einer neuen Angst gegenüber, über die er noch nicht nachgedacht hatte.

وواجه خوفاً جديداً لم يكن قد فكر فيه من قبل.

Ein weiteres Vorgehen in dieser Richtung könnte gefährlich sein.

إن المضي قدماً في هذا الاتجاه قد يكون خطيراً.

Er hatte gedacht, er würde sich einfach fallen lassen.

كان يعتقد أنه سيترك نفسه يسقط فحسب.

Es wäre aber ein Wunder, wenn er sich dabei nicht am Kopf verletzen würde.

لكن ستكون معجزة لو لم يُصب رأسه.

Jetzt war nicht der richtige Zeitpunkt, um ein Bewusstseinsverlustrisiko einzugehen.

لم يكن هذا هو الوقت المناسب للمخاطرة بفقدان الوعي.

Vielleicht wäre es doch besser, im Bett zu bleiben.

ربما يكون من الأفضل البقاء في السرير في نهاية المطاف.

Doch dann musste er denselben Aufwand betreiben, um zurückzukehren.

لكن كان عليه بعد ذلك أن يبذل نفس الجهد للعودة.

Nach all der Mühe lag er da, genau wie zuvor.

بعد كل هذا الجهد، كان مستلقياً هناك كما كان من قبل.

Und nun schienen seine Beine noch wütender zu sein als zuvor.

والآن بدت ساقاه أكثر غضباً مما كانتا عليه من قبل.

Die Bewegungen seiner Beine waren noch unkontrollierbarer geworden.

أصبحت حركات ساقه أكثر صعوبة في السيطرة عليها.

Er sah keinen Ausweg aus seiner Situation.

لم يرَ أي سبيل للخروج من الموقف الذي كان فيه.

Aus diesem Chaos konnte kein Frieden und keine Ordnung hergestellt werden.

لم يكن من الممكن إحلال السلام والنظام في ظل هذه الفوضى.

Aber er wusste, dass auch im Bett zu bleiben keine Option war.

لكنه كان يعلم أن البقاء في السرير لم يكن خياراً أيضاً.

Alles zu opfern war die vernünftigste Option.

كان التضحية بكل شيء الخيار الأكثر منطقية.

Er klammerte sich an den kleinsten Hoffnungsschimmer, jemals wieder aufstehen zu können.

تشبث بأدنى أمل في النهوض من السرير.

Wenn ihm das gelingt, hat sich das ganze Risiko gelohnt.

لو نجح في ذلك، لكانت كل المخاطرة تستحق العناء.

Doch gleichzeitig erinnerte er sich auch an etwas anderes.

لكنه تذكر شيئًا آخر في الوقت نفسه.

„Besser als verzweifelte Entscheidungen sind ruhige Überlegungen.“

"التأمل الهادئ أفضل من القرارات المتسرعة".

Mit aller Kraft konzentrierte er seinen Blick auf das Fenster.

وبكل جهده ركز عينيه على النافذة.

Doch was er sah, stimmte ihn wenig zuversichtlich und erfreute ihn nicht.

لكن ما رآه لم يجلب له سوى القليل من الثقة والبهجة.

Der Morgennebel hüllte die gesamte enge Straße ein.

غطى ضباب الصباح الشارع الضيق بأكمله.

Der Wecker klingelte erneut; es war nun sieben Uhr.

رنّ المنبه مرة أخرى؛ الآن الساعة السابعة.

„Es ist bereits sieben Uhr und es ist immer noch so neblig.“

"الساعة الآن السابعة وما زال الضباب كثيفاً".

Eine Zeitlang lag er still da und atmete nur schwach.

استلقى بهدوء لبعض الوقت، وكان يتنفس بصعوبة.

Vielleicht würde etwas Ruhe eine gewisse Normalität herbeiführen.

ربما يؤدي بعض الهدوء إلى عودة الأمور إلى طبيعتها.

Völliges Schweigen könnte die wahren Zustände herbeiführen.

قد يؤدي الصمت التام إلى الظروف الحقيقية.

Doch bevor die Uhr erneut schlug, durchbrach er das Schweigen.

لكن قبل أن تدق الساعة مرة أخرى، كسر الصمت.

Bevor die Uhr wieder schlägt, muss ich aus dem Bett sein.

"قبل أن تدق الساعة مرة أخرى، يجب أن أكون خارج الفراش".

„Ich muss bis dahin unbedingt komplett aus dem Bett sein.“

"يجب أن أكون قد نهضت من السرير تماماً بحلول ذلك الوقت".

„Nach Viertel nach sieben schickt das Büro jemanden.“

"بعد الساعة السابعة والربع سيرسل المكتب شخصاً ما".

„Weil das Büro vor sieben Uhr öffnete.“

"لأن المكتب فتح أبوابه قبل الساعة السابعة".

Und nun begann er, seinen Körper aus dem Bett zu schaukeln.

ثم بدأ يهز جسده خارج السرير.

Er hatte aufgehört, sich auf seinen Ober- oder Unterkörper zu konzentrieren.

لقد تخلى عن التركيز على الجزء العلوي أو السفلي من جسده.

Sein ganzer Körper musste aus dem Bett herausragen.

كان عليه أن ينهض من السرير بكامل طول جسده.

Bei einem Sturz in diese Richtung sollte sein Kopf geschützt sein, dachte er.

فكر قائلاً إن السقوط بهذه الطريقة سيحمي رأسه.

Er hatte geplant, den Kopf zu heben, sobald er auf dem Boden aufschlug.

كان قد خطط لرفع رأسه عندما يصطدم بالأرض.

Sein Rücken schien hart genug für den Aufprall zu sein.

بدا الجزء الخلفي من جسده صلباً بما يكفي لتحمل الصدمة.

Und der Teppich diente dazu, die Landung abzufedern.

وكانت السجادة موجودة لتخفيف الصدمة عند الهبوط.

Seine größte Sorge galt jedoch dem Lärm.

لكن أكبر مخاوفه كانت الضوضاء العالية.

Das krachende Geräusch würde alle im Haus erschrecken.

كان صوت التحطم سيخيف كل من في المنزل.

Vielleicht hätten sie keine Angst vor dem lauten Lärm.

ربما لن يشعروا بالرعب من الضوضاء العالية.

Aber sie wären mit Sicherheit besorgt, wenn sie davon
hörten.

لكن من المؤكد أنهم سيشعرون بالقلق إذا سمعوا بذلك.

Man musste aber das Risiko eingehen, Aufmerksamkeit zu
erregen.

لكن كان لا بد من تحمل مخاطر لفت الانتباه.

Die neue Methode war eher ein Spiel als eine Anstrengung.

كانت الطريقة الجديدة أشبه بلعبة منها بجهد.

Er musste seinen Körper in plötzlichen und ruckartigen
Bewegungen hin und her wiegen.

كان عليه أن يهز جسده بحركات مفاجئة ومتشنجة.

Gregor war schon halb aus dem Bett aufgestanden.

كان غريغور قد نهض من السرير جزئياً.

Nun kam ihm gerade ein neuer Gedanke.

ثم خطرت له فكرة جديدة.

„Es wäre alles so einfach, wenn mir jemand zu Hilfe käme."

"سيكون كل شيء سهلاً للغاية لو جاء أحدهم لمساعدتي".

„Zwei kräftige Personen würden völlig ausreichen."

"شخصان قويان سيكونان كافيين تماماً".

Sein Vater und das Dienstmädchen wären stark genug.

سيكون والده والخادمة قويين بما يكفي.

Sie müssten nur ihre Arme unter seinen Rücken schieben.

كل ما عليهم فعله هو إدخال أذرعهم تحت ظهره.

Und dann könnten sie ihn ganz leicht aus dem Bett ziehen.

وبعد ذلك، يمكنهم بسهولة إخراجه من السرير.

Vielleicht hätten sie sein Gewicht langsam reduzieren müssen.

ربما كان عليهم أن يخفضوا وزنه تدريجياً.

Hoffentlich hätten die Beine dann ihren Zweck gefunden.

نأمل حينها أن تكون الأرجل قد وجدت غايتها.

Wäre es nicht letztendlich besser, um Hilfe zu rufen?

"ألا يكون من الأفضل في نهاية المطاف طلب المساعدة؟"

Das Problem war natürlich, dass er die Türen abgeschlossen hatte.

المشكلة بالطبع كانت أنه أغلق الأبواب.

Irgendwie hatte der Gedanke etwas, das ihn amüsierte.

كان هناك شيء ما في تلك الفكرة يثير فضوله.

Und trotz seiner Notlage konnte er sich ein Lächeln nicht verkneifen.

وعلى الرغم من معاناته، لم يستطع كبح ابتسامته.

Er war schon kurz davor, das Gleichgewicht zu verlieren.

كان على وشك فقدان توازنه بالفعل.

Mit jedem Schwung kam er dem Umkippen vom Bett näher.

كل تأرجحة كانت تقربه أكثر من السقوط من السرير.

Bald musste er die endgültige Entscheidung treffen.

وسرعان ما سيضطر إلى اتخاذ القرار النهائي.

In fünf Minuten würde es Viertel nach sieben sein.

بعد خمس دقائق ستكون الساعة السابعة والربع.

Während er diesen Gedanken nachging, klingelte es an der Tür.

وبينما كان يفكر في هذه الأفكار، رن جرس الباب.

„Das ist jemand aus dem Büro", sagte er zu sich selbst.

قال لنفسه: "هذا شخص من المكتب."

Und er erstarrte fast vor Angst angesichts des Besuchers.

وكاد يتجمد من الخوف بسبب الزائر.

Seine Beine tanzten noch wilder als zuvor.

كانت ساقاه ترقصان بعنف أكثر مما كانتا عليه من قبل.

Doch dann herrschte einen Moment lang Stille.

لكن بعد ذلك، وللحظة، ساد الصمت.

„Sie werden die Tür nicht öffnen", sagte Gregor zu sich selbst.

قال غريغور لنفسه: "لن يفتحوا الباب."

Er war noch immer einer sinnlosen Hoffnung verfallen.

كان لا يزال أسيراً لأملٍ لا معنى له.

Doch dann ging das Dienstmädchen natürlich zur Tür.

لكن بالطبع، توجهت الخادمة إلى الباب.

Und wie immer öffnete sie dem Besucher die Tür.

وكما هو الحال دائماً، فتحت الباب للزائر.

Gregor brauchte nur die erste Begrüßung des Besuchers zu hören.

لم يكن غريغور بحاجة إلا لسماع أول تحية من الزائر.

Er konnte sofort erkennen, wer ihn gesucht hatte.

استطاع أن يعرف على الفور من جاء من أجله.

Der Hauptschreiber selbst war gekommen, um nach Samsa zu sehen.

جاء رئيس الكتبة بنفسه للاطمئنان على سامسا.

Warum war Gregor der Einzige, der zu diesem Schicksal verurteilt wurde?

لماذا كان غريغور الوحيد الذي حُكم عليه بهذا المصير؟

Warum musste ausgerechnet er in einer solchen Organisation dienen?

لماذا كان هو الوحيد الذي اضطر للعمل في مثل هذه المنظمة؟

Das geringste Versehen weckte sofort Misstrauen.

أدنى إهمال كان يثير الشكوك على الفور.

**Waren alle Angestellten, die dort arbeiteten, Schurken?**

هل كان جميع الموظفين الذين عملوا هناك أوغاداً؟

**Gab es denn keinen treuen und ergebenen Menschen unter ihnen?**

ألم يكن بينهم شخص مخلص ومتفانٍ؟

**Hätten sie nicht einfach einen Lehrling schicken können?**

ألم يكن بإمكانهم ببساطة إرسال متدرب؟

**War diese ganze Infragestellung überhaupt notwendig?**

هل كان كل هذا الاستجواب ضرورياً على الإطلاق؟

**Musste der Bevollmächtigte persönlich erscheinen?**

هل كان على الممثل المعتمد أن يحضر بنفسه؟

**Musste wirklich die gesamte unschuldige Familie informiert werden?**

هل كان من الضروري إبلاغ جميع أفراد الأسرة البريئة؟

**All diese Überlegungen veranlassten Gregor zum Handeln.**

كل هذه الاعتبارات دفعت غريغور إلى التحرك.

**Er schwang sich mit aller Kraft aus dem Bett.**

نهض من السرير بكل قوته.

**Es gab einen lauten Knall, aber es war eigentlich kein richtiges Geräusch.**

كان هناك دوي عالٍ، لكنه لم يكن ضجيجاً حقيقياً.

**Der Fall wurde durch den Teppich etwas abgemildert.**

خفف السجاد قليلاً من حدة السقوط.

**Sein Rücken war elastischer, als Gregor angenommen hatte.**

كان ظهره أكثر مرونة مما كان يعتقد غريغور.

**Der Klang war also dumpfer und nicht so auffällig.**

لذا كان الصوت أكثر خفوتاً، وأقل وضوحاً.

**Doch er hatte seinen Kopf während des Sturzes nicht geschützt.**

لكنه لم يعتنِ برأسه أثناء السقوط.

Und als er auf den Boden aufschlug, schlug er auch mit dem Kopf auf.

وعندما ارتطم بالأرض، ارتطم رأسه أيضاً.

Er rieb sich vor Wut und Schmerz den Kopf am Teppich.

فرك رأسه على السجادة بغضب وألم.

Der Manager im Nachbarzimmer hörte jedoch den Lärm.

لكنّ المدير الموجود في الغرفة المجاورة سمع الضوضاء.

„Da ist etwas hineingefallen", stellte er richtig fest.

"لقد سقط شيء ما هناك"، لاحظ ذلك بشكل صحيح.

Gregor versuchte, sich den Manager in seine Lage zu versetzen.

حاول غريغور أن يتخيل المدير في موقفه.

„Könnte ihm dasselbe passieren?", fragte er sich.

وتساءل: "هل يمكن أن يحدث له الشيء نفسه؟"

Er akzeptierte, dass dieses seltsame Ereignis möglich sein könnte.

لقد تقبّل فكرة أن هذا الحدث الغريب قد يكون ممكناً.

Und dann ging der Hauptsekretär ein paar Schritte in den Raum.

ثم خطا رئيس الكتبة بضع خطوات نحو الغرفة.

Es war fast schon eine plumpe Antwort auf seine Frage.

كانت إجابة فجة تقريباً على السؤال الذي طرحه.

Seine Lederstiefel knarrten, als er sich der Tür näherte.

صرّ حذاءه الجلدي وهو يقترب من الباب.

Aus dem Zimmer zu seiner Rechten flüsterte ihm seine Magd zu.

همست له خادمته من الغرفة التي على يمينه.

„Gregor, der Bevollmächtigte, ist hier."

"غريغور، الممثل المعتمد موجود هنا".

„Ich weiß", sagte Gregor, aber nur leise zu sich selbst.

قال غريغور: "أعلم"، لكنه قال ذلك بهدوء لنفسه فقط.

Er wagte es nicht, seine Stimme lauter als ein Flüstern zu erheben.

لم يجرؤ على رفع صوته فوق الهمس.

Weil Gregor nicht wollte, dass seine Schwester ihn hörte.

لأن غريغور لم يكن يريد أن تسمعه أخته.

„Gregor", sagte der Vater aus dem Zimmer links.

قال الأب من الغرفة على اليسار: "غريغور."

Der Manager ist gekommen, um nach dem Rechten zu sehen.

"جاء المدير للتحقق من المشكلة".

„Er fragte, warum du nicht den frühen Zug genommen hast."

"سأل لماذا لم تغادر على متن القطار المبكر".

„Wir wissen nicht, was wir ihm sagen sollen", sagte der Vater.

قال الأب: "لا نعرف ماذا نقول له."

„Übrigens möchte er auch persönlich mit Ihnen sprechen."

"بالمناسبة، هو يريد أيضاً التحدث إليك شخصياً".

„Bitte öffnen Sie die Tür, damit er mit Ihnen sprechen kann."

"أرجوك افتح الباب حتى يتمكن من التحدث معك".

„Er wird so freundlich sein, das Chaos im Zimmer zu entschuldigen."

"سيكون لطيفاً بما يكفي ليغفر الفوضى الموجودة في الغرفة".

"Guten Morgen, Herr Samsa", rief ihm der Manager zu.

"صباح الخير يا سيد سامسا"، نادى عليه المدير.

Und er sprach ganz gewiss in freundlicher Weise mit ihm.

وبالتأكيد تحدث معه بطريقة ودية.

„Es geht ihm nicht gut", sagte die Mutter zum Manager.

قالت الأم للمدير: "إنه ليس بخير."

„Es geht ihm überhaupt nicht gut, glauben Sie mir, lieber Manager."

"صدقني يا مديرنا العزيز، إنه ليس بخير على الإطلاق".

"Warum sonst sollte Gregor den Morgenzug verpassen?"

"وإلا فلماذا سيفوت غريغور قطار الصباح؟"

„Der Junge hat nichts anderes im Kopf als das Geschäft.“

"ليس في ذهن الصبي شيء سوى العمل".

„Es ärgert mich fast, dass er nichts anderes tut.“

"يكاد يزعجني أنه لا يفعل شيئاً آخر".

„Ich wünschte, er würde abends an die frische Luft gehen.“

أتمنى لو كان يخرج في المساء ليستنشق الهواء النقي.

„Er war acht Tage geschäftlich in der Stadt.“

"لقد كان في المدينة لمدة ثمانية أيام لأغراض تجارية".

„Aber er war ja jeden dieser Abende zu Hause.“

"لكنه كان يبقى في المنزل كل تلك الأمسيات"

„Er sitzt an unserem Tisch und liest die Zeitung.“

"يجلس على طاولتنا ويقرأ الجريدة".

„Manchmal studiert er auch die Fahrpläne der Züge.“

"وفي أوقات أخرى، يدرس جداول مواعيد القطارات".

„Manchmal beschäftigt er sich mit Tischlerarbeiten.“

"أحياناً يشغل نفسه بأعمال النجارة".

„Zum Beispiel schnitzte er einen kleinen Bilderrahmen aus Holz.“

"على سبيل المثال، قام بنحت إطار صورة خشبي صغير".

„An zwei oder drei Abenden war er mit der Säge beschäftigt.“

"على مدى ليلتين أو ثلاث ليالٍ، كان مشغولاً بالمنشار".

„Sie werden staunen, wie hübsch der Bilderrahmen ist.“

"ستندهش من مدى جمال إطار الصورة".

„Er hat den Bilderrahmen in seinem Zimmer aufgehängt.“

"لقد علّق إطار الصورة في غرفته".

„Wenn er die Tür öffnet, werden Sie seine Holzarbeiten sehen.“

"عندما يفتح الباب سترى أعماله الخشبية".

„Übrigens freut es mich, dass Sie hier sind, Herr Prokurist.“

"بالمناسبة، أنا سعيد بوجودك هنا يا سيد بروكوريست".

„Wir allein hätten Gregor nicht dazu bringen können, die Tür zu öffnen.“

"لم نكن لنستطيع بمفردنا أن نجعل غريغور يفتح الباب".

„Er ist so stur“, gestand seine Mutter dem Angestellten.

"إنه عنيد للغاية"، هكذا اعترفت والدته للموظف.

„Er ist ganz sicher krank, obwohl er das vorher bestritten hat.“

"إنه بالتأكيد ليس على ما يرام، على الرغم من أنه أنكر ذلك من قبل".

„Ich komme gleich“, sagte Gregor langsam und bedächtig.

قال غريغور ببطء وحذر: "سأكون هناك حالاً."

Doch er machte keine Anstalten, sich der Tür des Zimmers zuzuwenden.

لكنه لم يتحرك باتجاه باب الغرفة.

Er wollte kein Wort des Gesprächs verpassen.

لم يكن يريد أن يفقد كلمة واحدة من المحادثة.

Der Hauptsekretär stimmte der Einschätzung der Mutter zu.

وافق رئيس الموظفين على تقييم الأم.

"Ich kann es Ihnen auch nicht anders erklären, Madam."

"لا أستطيع تفسير ذلك بأي طريقة أخرى أيضاً يا سيدتي".

„Hoffen wir alle, dass er keine schwere Krankheit hat“, sagte er.

وقال: "دعونا جميعاً نأمل ألا يكون مصاباً بمرض خطير."

„Andererseits stellt es eine Gefahr in unserer Branche dar.“

"من ناحية أخرى، إنه يشكل خطراً في صناعتنا".

„Wir Geschäftsleute müssen oft Unannehmlichkeiten überwinden.“

"غالباً ما يتعين علينا نحن رجال الأعمال التغلب على الشعور بعدم الارتياح".

„Profis müssen leichte Schmerzen einfach aushalten."

"على المحترفين فقط أن يتحملوا الآلام الطفيفة".

Währenddessen klopfte sein Vater erneut an die andere Tür.

وفي هذه الأثناء، طرق والده الباب الآخر مرة أخرى.

„Kann der Hauptsekretär jetzt hereinkommen?", wollte er wissen.

"هل يمكن لرئيس الموظفين الدخول الآن؟" أراد أن يعرف.

"Nein, das kann er nicht", antwortete Gregor auf die Frage seines Vaters.

أجاب غريغور على سؤال والده قائلاً: "لا، لا يستطيع."

Im Raum links von uns herrschte betretenes Schweigen.

ساد صمتٌ مُحرج في الغرفة على اليسار.

Im Zimmer rechts begann die Schwester zu schluchzen.

في الغرفة على اليمين، بدأت الأخت بالبكاء.

Warum war die Schwester nicht zu den anderen gegangen?

لماذا لم تذهب الأخت لتكون مع الآخرين؟

Sie war wahrscheinlich gerade erst aufgestanden, dachte er.

ربما كانت قد نهضت للتو من السرير، هكذا فكر.

Vielleicht hatte sie noch gar nicht angefangen, sich anzuziehen.

ربما لم تبدأ حتى في ارتداء ملابسها بعد.

Gregor aber verstand nicht, warum sie weinte.

لكن غريغور لم يستطع أن يفهم سبب بكائها.

Lag es daran, dass er nicht aufgestanden war und den Manager hereingelassen hatte?

هل كان ذلك لأنه لم ينهض ويسمح للمدير بالدخول؟

Lag es daran, dass er Gefahr lief, seinen Job zu verlieren?

هل كان ذلك لأنه كان معرضاً لخطر فقدان وظيفته؟

Könnte der Chef wie früher gegen die Eltern vorgehen?

هل سيلاحق المدير الوالدين كما فعل سابقاً؟

Würde er seine alten Forderungen an sie wiederholen?

هل كان سيُعيد طرح مطالبه القديمة عليهم؟

Diese Dinge waren wahrscheinlich unnötig.

ربما لم يكن هناك داعٍ للقلق بشأن هذه الأمور.

Im Moment hatte sie keinen Grund zu weinen.

في الوقت الراهن، لم يكن لديها سبب للبكاء.

Gregor war noch da und sorgte für seine Familie.

كان غريغور لا يزال هنا، يعيل الأسرة.

Und er hatte nie die Absicht, die Familie zu verlassen.

ولم تكن لديه أي نية لترك العائلة.

Im Moment lag er einfach nur da auf dem Teppich.

في الوقت الحالي، كان مستلقياً هناك على السجادة.

Die Familie wusste nichts von seinem Zustand.

لم تكن العائلة على علم بحالته الصحية.

Hätten sie das gewusst, hätten sie seinen Chef nicht ermutigt.

لو كانوا يعلمون لما شجعوا رئيسه.

Sie hätten nicht einmal den Manager ins Haus gelassen.

لم يكونوا ليسمحوا حتى للمدير بالدخول إلى المنزل.

Ihn abzuweisen wäre nicht besonders unhöflich gewesen.

لم يكن طرده تصرفاً وقحاً بشكل خاص.

Er hätte später problemlos eine passende Ausrede finden können.

كان بإمكانه بسهولة إيجاد عذر مناسب لاحقاً.

Dafür hätte er nicht entlassen werden können.

لم يكن ذلك شيئاً يمكن أن يؤدي إلى فصله.

Gregor war der Ansicht, dass es jetzt vernünftiger wäre, allein gelassen zu werden.

شعر غريغور أن تركه وشأنه سيكون أكثر منطقية الآن.

Ihn durch Weinen und Reden zu stören, brachte wenig.

لم يُجدِ إزعاجه بالبكاء والكلام نفعاً يُذكر.

Doch die anderen beunruhigte die Ungewissheit.

لكن حالة عدم اليقين هي التي أزعجت الآخرين.

Und genau diese Unsicherheit entschuldigte ihr Verhalten.

وكان هذا الغموض هو الذي برر سلوكهم.

„Herr Samsa!", rief der Manager mit erhobener Stimme.

"السيد سامسا"، نادى المدير بصوت عالٍ.

„Was ist los mit dir?", wollte er wissen.

"ما الذي يجري معك؟" أراد أن يعرف.

„Du hast dich in deinem Zimmer verbarrikadiert."

"لقد تحصّنت في غرفتك".

„Sie antworten nur mit ‚Ja' oder ‚Nein'."

"لا تجيب إلا بـ 'نعم' أو 'لا'".

„Du bereitest deinen Eltern große Sorgen."

"أنت تسبب قلقاً بالغاً لوالديك".

„Ich sehe keinen guten Grund, warum Sie sie beunruhigen
sollten."

"لا أرى سبباً وجيهاً يدعو للقلق".

„Es gibt da noch eine Sache, die ich nebenbei erwähnen
möchte."

"هناك أمر آخر سأذكره عرضاً".

„Sie vernachlässigen auch Ihre geschäftlichen Pflichten uns
gegenüber."

"أنت أيضاً تهمل واجباتك التجارية تجاهنا".

„Eine solche Verantwortungslosigkeit entspricht so gar nicht
Ihrem Charakter."

"إن هذا النوع من عدم المسؤولية لا يتناسب إطلاقاً مع شخصيتك".

„Ich spreche hier im Namen Ihrer Eltern und Ihres Chefs."

"أتحدث هنا نيابة عن والديكم ومديركم".

„Und ich bitte Sie um eine sofortige und klare Erklärung."

"وأطلب منكم تفسيراً فورياً وواضحاً".

„Das Ganze erstaunt mich wirklich, das muss ich sagen."

"هذا الأمر برمته يثير دهشتي حقاً، لا بد لي من القول".

„Ich dachte, ich kenne dich als ruhigen und vernünftigen Menschen.“

"كنت أظن أنني أعرفك كشخص هادئ وعقلاني".

„Aber jetzt zeigst du uns eine andere Seite von dir.“

"لكنك الآن تُظهر لنا جانبًا مختلفًا من شخصيتك".

„Plötzlich zeigst du deine ganz eigenen Launen.“

"فجأةً بدأت تظهر نزواتك الغريبة للغاية".

„Aber es könnte eine Erklärung für Ihr Scheitern geben.“

"لكن قد يكون هناك تفسير لفشلك".

„Der Chef erwähnte eine Forderung, die Sie für uns eingetrieben hatten.“

"ذكر المدير ديناً قمت بتحصيله لنا".

"Ich habe dem Chef in Ihrem Namen mein Ehrenwort gegeben."

"لقد أعطيت رئيسي كلمتي الشرفية نيابة عنك".

„Aber jetzt sehe ich deine unverständliche Sturheit.“

"لكنني الآن أرى عنادك الذي لا يُفهم".

"Vielleicht verliere ich auch noch jegliche Lust, dir überhaupt zu helfen."

"قد أفقد كل رغبتي في مساعدتك على الإطلاق".

„Ihre Arbeitsplatzsicherheit ist keineswegs völlig stabil.“

"أمانك الوظيفي ليس مستقراً تماماً بأي حال من الأحوال".

„Eigentlich wollte ich euch das alles unter vier Augen erzählen.“

"كنت أنوي في الأصل إخباركم بكل هذا على انفراد".

„Aber jetzt sehe ich, dass Sie wollen, dass ich hier meine Zeit verschwende.“

"لكنني أرى الآن أنك تريدني أن أضيع وقتي هنا".

„Ich sehe also keinen Grund, warum deine Eltern das nicht wissen sollten.“

"لذا لا أرى أي سبب يمنع والديك من معرفة ذلك".

„Ihre Leistungen in letzter Zeit waren nicht
zufriedenstellend.“

"أداؤك الأخير لم يكن مرضياً".

„Ich räume ein, dass die Verkäufe zu dieser Jahreszeit
langsamer laufen.“

أقر بأن المبيعات تكون أبطأ في هذا الوقت من العام.

„Aber es gibt keine Jahreszeit, in der es keine Verkäufe
gibt.“

"لكن لا يوجد وقت من السنة لا توجد فيه مبيعات".

Für einen Moment vergaß Gregor alles um sich herum.

للحظة، نسي غريغور كل شيء من حوله.

„Aber Herr Prokurist!“, rief Gregor verzweifelt aus.

"لكن يا سيد بروكوريست!" صرخ غريغور بيأس.

"Ich öffne die Tür sofort, jetzt gleich, keine Sorge."

"سأفتح الباب فوراً، الآن، لا تقلق".

„Das Problem ist, dass ich mich ziemlich unwohl fühle.“

"المشكلة هي أنني أشعر بتوعك شديد".

„Mir war schwindelig, deshalb konnte ich die Tür nicht
erreichen.“

"الدوار منعني من الوصول إلى الباب".

„Ich liege zwar noch im Bett, aber es geht mir schon viel
besser.“

"ما زلتُ طريح الفراش، لكنني أشعر بتحسن كبير".

"Einen Moment bitte, ich stehe gerade erst auf."

"لحظة من فضلك، أنا على وشك النهوض من السرير".

"Einen Moment Geduld, Herr Prokurist, ist alles, worum ich
bitte."

"كل ما أطلبه منك يا سيد بروكوريست هو لحظة من الصبر".

„Es läuft nicht so gut, wie ich dachte, aber ich werde es
schon schaffen.“

"الأمور لا تسير على ما يرام كما كنت أعتقد، لكنني سأكون بخير".

"Wie kann so etwas einem Menschen so schnell passieren?"

"كيف يمكن أن يحدث شيء كهذا لشخص بهذه السرعة؟"

„Mir ging es gestern Abend gut, das wissen meine Eltern.“

"كنت أشعر أنني بخير الليلة الماضية، والداي يعرفان ذلك".

„Aber vielleicht hatte ich damals schon eine kleine
Vorahnung.“

"لكن ربما كان لديّ حدسٌ ما حينها".

„Man könnte sich fragen, warum ich es nicht im Büro
gemeldet habe.“

"قد تسأل لماذا لم أبلغ عن ذلك في المكتب".

„Ich dachte, ich würde mich morgen früh wieder viel besser
fühlen.“

"كنت أعتقد أنني سأشعر بتحسن كبير في الصباح".

„Man denkt immer, dass sie die Krankheit bis dahin besiegt
haben werden.“

"يعتقد المرء دائماً أنهم سيتغلبون على المرض بحلول ذلك الوقت".

„Aber bitte! Verschonen Sie meine Eltern vor diesen
Anschuldigungen!“

"لكن أرجوكم! ارحموا والديّ من هذه الاتهامات"!

„Mir wurde kein Wort von dem erzählt, was Sie mir erzählt
haben.“

"لم يُخبرني أحد بكلمة واحدة عما أخبرتني به".

„Sie haben möglicherweise die letzten von mir versandten
Befehle nicht gelesen.“

"ربما لم تقرأ الأوامر الأخيرة التي أرسلتها".

„Übrigens, du brauchst dir heute keine Sorgen um mich zu
machen.“

"على فكرة، لا داعي للقلق عليّ اليوم".

„Ich werde trotzdem den Zug um acht Uhr nehmen.“

"سأستقل قطار الساعة الثامنة على أي حال".

„Die wenigen Stunden Ruhe haben mich ausreichend
gestärkt.“

"لقد منحتني ساعات الراحة القليلة ما يكفي من القوة".

"Sie müssen wirklich nicht warten, Manager."

"لا داعي للانتظار يا مدير".

„Auch ich werde schon bald im Büro sein."

"سأكون أنا أيضاً في المكتب قريباً جداً".

"Und bitte seien Sie so freundlich, ein gutes Wort für mich einzulegen."

"وأرجو منكم التكرم بالتوصية بي".

Gregor hatte seine Erklärung recht hastig vorgetragen.

أدلى غريغور بتفسيره على عجل شديد.

Er wusste selbst kaum, was er eigentlich sagen wollte.

لم يكن يعرف ما الذي كان يحاول قوله حقاً.

Er ging zu der Kiste und versuchte, sich daran hochzuziehen.

ذهب إلى الصندوق، وحاول استخدامه للوقوف.

Er hatte wirklich die feste Absicht, die Tür zu öffnen.

كان ينوي حقاً فتح الباب.

Er wollte vom Bevollmächtigten empfangen werden.

أراد أن يُقابل الممثل المُعتمد.

Und er wollte das Problem persönlich mit ihm lösen.

وأراد أن يحل المشكلة معه شخصياً.

Er war gespannt darauf, wie die anderen auf ihn reagieren würden.

كان متشوقاً لمعرفة كيف سيكون رد فعل الآخرين تجاهه.

Sie sind bestimmt inzwischen auch gespannt darauf, wie es ihm geht.

لا بد أنهم الآن متشوقون أيضاً لمعرفة حاله.

Es gab zwei mögliche Arten, wie sie auf ihn reagieren konnten.

كان هناك احتمالان لرد فعلهم تجاهه.

Eine Möglichkeit war, dass sie Angst bekommen würden.

كان أحد الاحتمالات هو أنهم سيشعرون بالخوف.

Wenn sie Angst hatten, dann trug er keine Verantwortung.

إذا كانوا خائفين، فهو غير مسؤول.

**Und dann müsste er sich keine Sorgen mehr um die Situation machen.**

وحينها لن يضطر للقلق بشأن الوضع.

**Es gab aber auch noch eine andere Möglichkeit, die man in Betracht ziehen musste.**

لكن كان هناك احتمال آخر يجب التفكير فيه.

**Vielleicht würden sie ihn so, wie er war, einfach hinnehmen.**

ربما سيتقبلون بهدوء الطريقة التي كان عليها.

**Dann hätte auch Gregor keinen Grund, sich aufzuregen.**

عندها لن يكون لدى غريغور أي سبب للانزعاج أيضاً.

**Es bliebe noch genügend Zeit, den Zug zu erreichen.**

سيكون هناك متسع من الوقت للحاق بالقطار.

**Das Aufrechtstehen war jedoch alles andere als einfach.**

لكن الوقوف منتصباً لم يكن مهمة سهلة بأي حال من الأحوال.

**Bei seinen ersten Versuchen rutschte er von der Kiste ab.**

في محاولاته الأولى، انزلق من على الصندوق.

**Die Kiste war zu glatt, als dass er sich dagegen stemmen konnte.**

كان الصندوق أملس للغاية بحيث لم يستطع الوقوف في وجهه.

**Und schließlich gab er sich noch einen letzten Anstoß, um aufzustehen.**

وأخيراً، بذل جهداً أخيراً ليقف.

**Er schenkte den Schmerzen in seinem Bauch keine Beachtung mehr.**

لم يعد يولي أي اهتمام للألم في بطنه.

**Egal wie groß der Schmerz sein würde, er würde es durchstehen.**

مهما بلغ الألم، كان سيتجاوزه.

**Er ließ sich gegen die Lehne eines nahegelegenen Stuhls fallen.**

ترك نفسه يسقط على ظهر كرسي قريب.

Und er hielt sich mit seinen kleinen Beinchen am Rand fest.

وتشبث بالحواف بساقيه الصغيرتين.

Zu diesem Zeitpunkt hatte er sich besser im Griff.

لقد تمكن في هذه المرحلة من السيطرة على نفسه بشكل أكبر.

Und sein Fall war stiller als der vorherige.

وكان سقوطه أكثر هدوءاً من سابقه.

Weil er dem Manager zuhören musste.

لأنه كان عليه أن يستمع إلى ما يقوله المدير.

„Habt ihr irgendetwas davon verstanden?", fragte er die Eltern.

سأل الوالدين: "هل فهمتم أي شيء من ذلك؟"

"Er würde uns doch nicht zum Narren halten, oder?"

"لن يخدعنا، أليس كذلك؟"

„Um Gottes Willen!", rief die Mutter und weinte bereits.

"يا إلهي!" صرخت الأم وهي تبكي.

„Er könnte schwer krank sein und wir quälen ihn."

"ربما يكون مريضاً بشدة ونحن نعذبه".

"Grete! Grete!", schrie sie ihrer Tochter zu.

"غريت! غريت!" صرخت في وجه ابنتها.

„Mutter?", rief die Schwester von der anderen Seite.

نادت الأخت من الجانب الآخر: "أمي؟"

Dann kommunizierten sie durch Gregors Zimmer.

ثم تواصلوا عبر غرفة غريغور.

„Gregor ist sehr krank und braucht Medikamente."

"غريغور مريض جداً ويحتاج إلى دواء".

„Sie müssen sofort zum Arzt gehen."

"سيتعين عليك الذهاب إلى الطبيب فوراً".

Hast du gehört, wie Gregor eben gesprochen hat?

"هل سمعت الطريقة التي تحدث بها غريغور للتو؟"

„Das war die Stimme eines Tieres", sagte der Manager.

قال المدير: "كان ذلك صوت حيوان."

Seine Worte waren leise im Vergleich zu den Schreien der Mutter.

كانت كلماته هادئة مقارنة بصراخ الأم.

"Anna! Anna!", rief der Vater durch das Vorzimmer.

"آنا! آنا!" نادى الأب من خلال الغرفة الأمامية.

Und er klatschte in die Hände, um ihre Aufmerksamkeit zu erregen.

وصفق بيديه لجذب انتباههم.

"Holt sofort einen Schlüsseldienst!", befahl er dem Dienstmädchen.

أمر الخادمة قائلاً: "أحضري صانع أقفال فوراً"!

Die Mädchen rannten in ihren Röcken durch das Vorzimmer.

ركضت الفتيات، مرتديات تنانيرهن، عبر الغرفة الأمامية.

Und ihre Röcke raschelten, als sie an seinem Zimmer vorbeiliefen.

وصدرت تنانيرهن حفيفاً وهن يركضن أمام غرفته.

„Wie konnte sich die Schwester so schnell anziehen?“, dachte er.

"كيف ارتدت الأخت ملابسها بهذه السرعة؟" فكر.

Die Tür war aufgerissen, aber nicht zugeschlagen.

تم فتح الباب عنوةً، لكنه لم يُغلق بقوة.

Dies kommt häufig in Haushalten vor, in denen ein großes Unglück geschieht.

هذا أمر شائع في المنازل التي تحدث فيها مصيبة كبيرة.

All das hatte Gregor jedoch deutlich ruhiger gemacht.

لكن كل هذا جعل غريغور أكثر هدوءاً.

Als er seine eigenen Worte hörte, erschienen sie ihm klar.

عندما سمع كلماته، بدت له واضحة.

Tatsächlich war er der Ansicht, seine Worte seien eigentlich klarer gewesen.

في الواقع، شعر أن كلماته كانت أكثر وضوحاً.

Die anderen aber verstanden nicht mehr, was er sagte.

لكن الآخرين لم يعودوا يفهمون ما كان يقوله.

Vielleicht hatte er sich inzwischen an seine Ohren gewöhnt.

ربما يكون قد اعتاد على أذنيه الآن.

Aber zumindest verstanden sie seine Situation jetzt besser.

لكن على الأقل فهموا وضعه الآن بشكل أفضل.

Sie erkannten, dass mit ihm tatsächlich etwas nicht stimmte.

أدركوا أن هناك بالفعل مشكلة ما به.

Und sie taten nun alles, was sie konnten, um ihm zu helfen.

وكانوا الآن يبذلون كل ما في وسعهم لمساعدته.

Dies gab Gregor ein Gefühl des Selbstvertrauens, das ihm
gefehlt hatte.

هذا الأمر منح غريغور شعوراً بالثقة كان يفتقدها.

Und er fühlte sich in der Familie wieder viel sicherer.

وشعر بالأمان مجدداً في كنف عائلته.

Er hatte das Gefühl, wieder in den menschlichen Kreis
aufgenommen zu sein.

شعر بأنه قد تم إدراجه مرة أخرى في دائرة البشر.

Nun musste er hoffen, dass der Schlüsseldienst die Tür
öffnen konnte.

والآن عليه أن يأمل أن يتمكن صانع الأقفال من فتح الباب.

Und er hoffte, der Arzt könne solche Aufgaben ausführen.

وكان يأمل أن يتمكن الطبيب من أداء مثل هذه المهام.

Er würde bald wieder mehr reden müssen.

سيضطر إلى التحدث أكثر قريباً.

Seine Stimme musste so klar wie möglich sein.

كان عليه أن يجعل صوته واضحاً قدر الإمكان.

Zur Vorbereitung auf das Treffen räusperte er sich.

استعداداً للاجتماع، قام بتنظيف حلقه.

Er bemühte sich jedoch, nur sehr leise zu husten.

ومع ذلك، بذل قصارى جهده ليسعل بهدوء شديد.

Das Geräusch klang möglicherweise anders als ein menschlicher Husten.

ربما كان الصوت مختلفًا عن صوت السعال البشري.

Er wusste, dass er solche Dinge nicht mehr unterscheiden konnte.

كان يعلم أنه لم يعد قادراً على التمييز بين هذه الأشياء.

Im Nebenzimmer war es vollkommen still geworden.

في الغرفة المجاورة، ساد صمت تام.

Die Eltern saßen wahrscheinlich am Tisch.

ربما كان الوالدان جالسين على الطاولة.

Möglicherweise flüsterten sie mit dem Manager.

ربما كانوا يتحدثون همساً مع المدير.

Vielleicht lehnten alle an der Tür und lauschten.

ربما كان الجميع يميلون إلى الباب ويستمعون.

Gregor schob den Stuhl langsam in Richtung Tür.

دفع غريغور الكرسي ببطء نحو الباب.

Er stemmte sich gegen die Tür und hielt sich aufrecht.

دفع الباب بقوة وحافظ على استقامته.

Er stellte fest, dass sich an seinen Fußsohlen ein wenig Klebstoff befand.

لقد اكتشف أن وسادات قدميه تحتوي على القليل من الصمغ.

Und er ruhte sich dort einen Moment lang von der Anstrengung aus.

واستراح هناك للحظة من شدة الجهد.

Nachdem er sich ausreichend ausgeruht hatte, begann er mit der nächsten Aufgabe.

وبعد أن استراح بما فيه الكفاية، بدأ بالمهمة التالية.

Er begann, den Schlüssel mit dem Mund im Schloss zu drehen.

بدأ يدير المفتاح في القفل بفمه.

Leider schien er gar keine Zähne zu haben.

لسوء الحظ، يبدو أنه لم يكن لديه أسنان حقيقية.

Aber welche andere Möglichkeit hätte er gehabt, an die Schlüssel zu gelangen?

لكن ما هي الطريقة الأخرى التي كانت لديه للحصول على المفاتيح؟

Zum Glück für ihn waren seine Kiefer natürlich sehr kräftig.

ولحسن حظه، كانت فكاه قوية للغاية بالطبع.

Mit Hilfe seiner Kiefermuskeln brachte er den Schlüssel tatsächlich in Bewegung.

وبمساعدة فكيه، تمكن من تحريك المفتاح بالفعل.

Er hatte keinen Zweifel daran, dass er sich damit auch selbst schadete.

لم يكن لديه أدنى شك في أنه كان يلحق الضرر بنفسه أيضاً.

Weil eine braune Flüssigkeit aus seinem Mund kam.

لأن سائلاً بنياً كان يخرج من فمه.

Die braune Flüssigkeit ergoss sich über den Schlüssel und die Tür hinunter.

تدفق السائل البني فوق المفتاح ونزل على الباب.

Aber Gregor kümmerte es nicht, dass er sich selbst schadete.

لكن غريغور لم يكترث بأنه كان يؤذي نفسه.

„Können Sie das hören?", fragte der Manager im Nebenraum.

قال المدير في الغرفة المجاورة: "هل تسمع ذلك؟"

„Er dreht den Schlüssel um", hatte der Manager bemerkt.

"إنه يدير المفتاح"، هكذا لاحظ المدير.

Diese Worte waren eine große Ermutigung für Gregor.

كانت هذه الكلمات بمثابة تشجيع كبير لغريغور.

Aber auch Vater und Mutter hätten rufen sollen:

لكن كان ينبغي على الأب والأم أيضاً أن يصرخا:

„Gut gemacht, Gregor!", hätten sie ihm zurufen sollen.

كان ينبغي عليهم أن يصرخوا له قائلين: "أحسنت يا غريغور."

„Immer weiter, immer weiter am Schlüssel drehen, du schaffst das."

"استمر، استمر في تدوير هذا المفتاح، يمكنك فعلها".

Stattdessen musste Gregor sich ihre Begeisterung vorstellen.

لكن بدلاً من ذلك، كان على غريغور أن يتخيل مدى حماسهم.

Er presste die Zähne zusammen mit aller Kraft, die er hatte.

شدّ على فكيه بكل قوته.

Und er drehte den Schlüssel weiter im Schloss.

واستمر في تدوير المفتاح في القفل.

Sein Körper wand sich schmerzhaft im Kreis.

التوى جسده بشكل مؤلم في دائرة.

Er konnte sich nur noch mit dem Mund aufrecht halten.

كان الآن يمسك نفسه منتصباً بفمه فقط.

Um den Schlüssel weiterzudrehen, drückte er gegen die Tür.

واستمر في تدوير المفتاح بالضغط على الباب.

Schließlich weckte das Knacken des Schlosses Gregor
wieder auf.

وأخيراً أيقظ صوت انغلاق القفل غريغور مرة أخرى.

„Ich brauchte also keinen Schlüsseldienst", seufzte er
erleichtert.

"إذن لم أكن بحاجة إلى صانع الأقفال"، تنهد بارتياح.

Jetzt musste er nur noch die Tür öffnen, die er
aufgeschlossen hatte.

كل ما عليه الآن هو أن يفتح الباب الذي كان قد فتحه.

Und mit dem Kopf auf dem Türgriff öffnete er die Tür.

ووضع رأسه على المقبض ثم فتح الباب.

Er befand sich hinter der Tür, die in sein Zimmer führte.

كان يقف خلف الباب الذي يفتح على غرفته.

Die Tür war also schon offen, bevor man ihn sehen konnte.

إذن كان الباب مفتوحاً بالفعل قبل أن يُرى.

Als Nächstes musste er sich um die Tür herummanövrieren.

ثم كان عليه أن يتحرك حول الباب نفسه.

Diese schwierige Bewegung erforderte auch viel Mühe.

وقد تطلبت هذه الحركة الصعبة أيضاً الكثير من الجهد.

Er wollte nicht ungeschickt in den nächsten Raum fallen.

لم يكن يريد أن يسقط بشكل أخرق في الغرفة المجاورة.

So hatte er keine Zeit, sich auf irgendetwas anderes zu konzentrieren.

لذلك لم يكن لديه وقت للاهتمام بأي شيء آخر.

Doch dann hörte er den Hauptsekretär laut „Oh!" ausrufen.

لكنه سمع بعد ذلك رئيس الكتبة يقول بصوت عالٍ "أوه"!

Es klang, als würde der Wind durchs Haus rauschen.

بدا الأمر وكأن الرياح تعصف في أرجاء المنزل.

Er war zufällig derjenige, der der Tür am nächsten stand.

لقد كان هو الأقرب إلى الباب.

Und als er ihn nun sah, presste er die Hand an den Mund.

والآن، عندما رآه، وضع يده على فمه.

Langsam bewegte er sich rückwärts, weg von Gregor.

تحرك ببطء إلى الخلف، مبتعداً عن غريغور.

Aber es war, als ob eine unsichtbare Kraft auf ihn einwirkte.

لكن الأمر كان أشبه بقوة خفية تؤثر عليه.

Das Erste, was die Mutter tat, war, den Vater anzusehen.

أول ما فعلته الأم هو النظر إلى الأب.

Trotz der Anwesenheit des Managers war ihr Haar zerzaust.

على الرغم من وجود المدير، كان شعرها أشعثاً.

Sie verschränkte die Arme und machte zwei Schritte nach vorn.

فتحت ذراعيها، وخطت خطوتين إلى الأمام.

Doch dann brach sie mitten in ihrem Rock zusammen.

لكنها انهارت بعد ذلك وهي ترتدي تنورتها.

Ihr Kleid breitete sich um sie herum auf dem Boden aus.

انتشر فستانها حولها على الأرض.

Und ihr Kopf verschwand auf ihren eigenen Brüsten.

واختفى رأسها على صدرها.

Der Vater ballte mit feindseligem Gesichtsausdruck die Faust.

قبض الأب قبضته بتعبير عدائي.

Er schien Gregor zurück in sein Zimmer drängen zu wollen.

بدا أنه يريد دفع غريغور إلى غرفته.

Dann blickte er unsicher im Wohnzimmer umher.

ثم نظر بتردد حول غرفة المعيشة.

Und schließlich bedeckte er seine Augen mit den Händen.

وأخيراً غطى عينيه بين يديه.

Und er weinte bitterlich, bis seine mächtige Brust erbebte.

وبكى بكاءً مريراً حتى اهتز صدره العظيم.

Gregor betrat ihr Zimmer tatsächlich gar nicht.

لم يدخل غريغور غرفتهم على الإطلاق.

Stattdessen lehnte er sich an den Türrahmen.

بدلاً من ذلك، استند إلى إطار الباب.

Von außen war nur die Hälfte seines Körpers sichtbar.

لم يكن يظهر من الخارج سوى نصف جسده.

Und auf seinem Körper befand sich sein Kopf, zur Seite geneigt.

وكان رأسه فوق جسده، مائلاً إلى الجانب.

Das Licht war inzwischen viel heller geworden als zuvor.

وبحلول ذلك الوقت، أصبح الضوء أكثر سطوعاً بكثير مما كان عليه من قبل.

Man konnte nun deutlich die andere Straßenseite sehen.

أصبح بإمكان المرء أن يرى بوضوح الجانب الآخر من الشارع الآن.

Ein Teil des endlosen, grauen Krankenhauses gab sich zu erkennen.

ظهر جزء من المستشفى الرمادي الذي لا نهاية له.

Der Morgenregen hatte noch nicht ganz aufgehört.

لم يتوقف هطول أمطار الصباح تماماً بعد.

Doch nun waren die Regentropfen größer und weiter voneinander entfernt.

لكن قطرات المطر الآن أصبحت أكبر حجماً وأبعد عن بعضها.

Das Frühstücksbuffet war in Hülle und Fülle vorhanden.

كانت أطباق الإفطار متوفرة بكثرة على الطاولة.

Der Vater hielt das Frühstück für die wichtigste Mahlzeit.

كان الأب يعتقد أن وجبة الإفطار هي أهم وجبة.

Das Frühstück war eine Mahlzeit, die er stundenlang in die Länge zog.

كان الإفطار وجبةً يستغرقها لساعات.

Und in diesen Stunden las er die verschiedenen Zeitungen.

وفي هذه الساعات كان يقرأ الصحف المختلفة.

Direkt gegenüber hing ein Foto von Gregor.

وعلى الجدار المقابل مباشرة، عُلقت صورة لغريغور.

Das Foto an der Wand zeigte ihn als Leutnant.

أظهرت الصورة المعلقة على الحائط أنه كان برتبة ملازم.

Es war ein Foto aus seiner Zeit beim Militär.

كانت صورة من الفترة التي قضاها في الجيش.

Seine Hand ruhte auf seinem Schwert, und er hatte ein unbeschwertes Lächeln im Gesicht.

كانت يده على سيفه، وكانت على وجهه ابتسامة خالية من الهموم.

Seine Haltung und seine Uniform flößten einen gewissen Respekt ein.

كانت هيئته وزيه الرسمي يفرضان نوعاً من الاحترام.

Die andere Tür, die zum Vorzimmer führte, war ebenfalls offen.

وكان الباب الآخر المؤدي إلى الغرفة الأمامية مفتوحاً أيضاً.

Und die Tür zur Wohnung war auch noch offen.

وكان باب الشقة لا يزال مفتوحاً أيضاً.

Man konnte bis zum Vorhof des Wohnhauses sehen.

كان بإمكان المرء أن يرى حتى ساحة الشقة الأمامية.

Und dann führte die Treppe hinunter auf die Straße.

ثم قاد الدرج إلى الشارع بالأسفل.

Gregor war der Einzige, der die Fassung bewahrt hatte.

كان غريغور الوحيد الذي حافظ على رباطة جأشه.

Er hat das gesehen, daher lag die Verantwortung für das Gespräch bei ihm.

لقد رأى ذلك، لذا كانت المحادثة مسؤوليته.

"So, ich werde mich jetzt für die Arbeit anziehen", sagte er.

قال: "حسنًا، سأرتدي ملابسي للعمل الآن."

„Sobald ich die Textilmuster verpackt habe, werde ich abreisen.“

"بعد أن أحزم عينات الأقمشة، سأغادر".

"Beabsichtigen Sie immer noch, mich zu entlassen, Herr Prokurist?"

"هل ما زلت تنوي طردي يا سيد بروكوريست؟"

„Wie Sie sehen, bin ich nicht so stur, wie Sie dachten.“

"كما ترى، لستُ عنيداً كما كنت تظن".

„Und Sie können sehen, dass ich doch gerne arbeite.“

"ويمكنك أن ترى أنني أحب العمل في نهاية المطاف".

„Ich kann zugeben, dass Reisen aus beruflichen Gründen nicht einfach ist.“

"أستطيع أن أعترف بأن السفر للعمل ليس بالأمر السهل".

„Aber ich kann auch akzeptieren, dass es Teil meines Jobs ist.“

"لكنني أستطيع أيضاً أن أتقبل أن هذا جزء من وظيفتي".

"Manager, wo gehen Sie hin? Zurück ins Büro?"

"سيدي المدير، إلى أين أنت ذاهب؟ هل ستعود إلى المكتب؟"

„Werden Sie alles, was Sie gesehen haben, wahrheitsgemäß berichten?“

"هل ستبلغ بصدق عن كل ما رأيته؟"

„Manchmal kommt es vor, dass man nicht zur Arbeit gehen kann.“

"أحياناً يحدث أن يعجز المرء عن الذهاب إلى العمل".

„Das ist der richtige Zeitpunkt, um sich an vergangene
Erfolge zu erinnern.“

"هذا هو الوقت المناسب لتذكر الإنجازات السابقة".

„Nachdem die Schwierigkeit beseitigt wurde, funktioniert
es sogar noch besser.“

"بعد إزالة الصعوبة، يصبح العمل أفضل".

„Mein Fleiß und meine Konzentration werden zunehmen.“

"من المتوقع أن يزداد اجتهادي وتركيزي".

"Sie wissen ganz genau, dass ich dem Chef etwas schulde."

"أنت تعلم جيداً أنني مدين لرئيسي".

„Aber ich mache mir auch Sorgen um meine Eltern und
meine Schwester.“

"لكنني قلق أيضاً على والديّ وأختي".

„Ich stecke in einer schwierigen Lage, aber ich werde einen
Weg finden, da wieder herauszukommen.“

"أنا في مأزق، لكنني سأجد طريقة للخروج منه".

„Macht es nicht noch schwieriger, als es ohnehin schon ist.“

"لا تجعل الأمر أكثر صعوبة مما هو عليه بالفعل".

„Als Kollegen müssen wir uns auch gegenseitig helfen.“

"بصفتنا زملاء في العمل، علينا أيضاً أن نساعد بعضنا البعض".

„Ich weiß, dass die Büroangestellten die Reisenden nicht
mögen.“

"أعلم أن موظفي المكاتب لا يحبون المسافرين".

„Ihr glaubt, wir verdienen ein Vermögen und führen ein
gutes Leben.“

"أتظن أننا نكسب ثروة ونعيش حياة جيدة؟"

„Sie haben keinen wirklichen Grund, ihre Vorurteile zu
hinterfragen.“

"ليس لديهم سبب حقيقي للنظر في تحيزاتهم".

„Sie als befugter Beamter haben jedoch eine andere Rolle.“

"لكن دورك مختلف أيها الضابط المخول".

„Sie haben einen besseren Überblick als die anderen
Mitarbeiter.“

"لديك نظرة عامة أفضل من باقي الموظفين".

„Tatsächlich glaube ich, dass Sie den besten Überblick
haben.“

"في الواقع، أعتقد أن لديك أفضل نظرة عامة".

„Sie haben einen besseren Überblick als der Chef selbst.“

"لديك نظرة عامة أفضل من المدير نفسه".

„Ich gebe zu, dass der Chef die unternehmerische Arbeit
leistet.“

"أعترف بأن المدير يقوم بالفعل بالعمل الريادي".

„Aber es ist leicht, dass seine Urteile in die Irre geführt
werden.“

"لكن من السهل أن تضلل أحكامه".

„Und diese kleinen Fehleinschätzungen können uns zum
Nachteil gereichen.“

"وهذه الأخطاء الصغيرة في التقدير قد تكون ضارة بنا".

„Sie wissen ja, wie leicht es ist, über den Reisenden zu
sprechen.“

"أنت تعرف كم هو سهل الحديث عن المسافر".

„Er ist nicht da, um seinen Ruf vor Gerüchten zu
verteidigen.“

"إنه ليس هناك للدفاع عن سمعته من الشائعات".

„Diese Anschuldigungen können leicht nur Zufälle sein.“

"قد تكون هذه الاتهامات مجرد مصادفات".

„Viele Beschwerden beruhen nicht einmal auf irgendeiner
Wahrheit.“

"العديد من الشكاوى لا تستند حتى إلى أي حقائق".

„Er ist fast das ganze Jahr über nicht im Büro.“

"إنه خارج المكتب طوال العام تقريباً".

Welche Chance hat er, seinen Ruf zu verteidigen?

"ما هي فرصته في الدفاع عن سمعته؟"

„Er erfährt gar nichts von den Anschuldigungen.“

"إنه لا يسمع حتى بالاتهامات".

„Er erfährt erst, was gesagt wurde, wenn es zu spät ist.“

"يكتشف ما قيل عندما يكون الأوان قد فات".

„Zu diesem Zeitpunkt ist er von der Tagesreise völlig erschöpft.“

"في تلك المرحلة يكون منهكاً من رحلة اليوم".

„Er muss die schrecklichen Konsequenzen trotzdem am eigenen Leib erfahren.“

"عليه أن يواجه العواقب الوخيمة على أي حال".

„Auch wenn er keine Möglichkeit hat, das Problem zu verstehen.“

"على الرغم من أنه لا يملك أي وسيلة لفهم المشكلة".

"Oh Manager, gehen Sie nicht, ohne mir ein Wort zu sagen."

"يا مدير، لا تغادر دون أن تقول لي كلمة".

„Sag mir wenigstens, dass du mir teilweise zustimmst.“

"على الأقل أخبرني أنك توافقني الرأي جزئياً".

Der Manager hatte sich aber schon viel früher von Gregor abgewandt.

لكن المدير كان قد انصرف عن غريغور في وقت سابق بكثير.

Seine Schulter zuckte, als er Gregor anblickte.

ارتجف كتفه عندما نظر إلى غريغور.

Und er blieb während der gesamten Rede kein einziges Mal stehen.

ولم يتوقف عن الكلام ولو لمرة واحدة أثناء الخطاب.

Er hatte Gregor mit zusammengepressten Lippen angesehen.

كان ينظر إلى غريغور بشفتين مضمومتين.

Er hatte sich allmählich in Richtung Tür zurückgezogen.

كان يتراجع تدريجياً نحو الباب.

Aber auch er konnte den Blick nicht von Gregor abwenden.

لكنه لم يستطع أن يصرف نظره عن غريغور أيضاً.

Er hatte das Gefühl, es gäbe ein geheimes Verbot, den Raum zu verlassen.

شعر وكأن هناك حظراً سرياً على مغادرة الغرفة.

Zu diesem Zeitpunkt befand er sich aber bereits in der Eingangshalle.

لكن في هذه المرحلة كان قد وصل بالفعل إلى قاعة المدخل.

Und nun machte er eine plötzliche Bewegung in Richtung Ausgang.

ثم قام بحركة مفاجئة نحو المخرج.

Er streckte seine rechte Hand in Richtung der Treppe aus.

مدّ يده اليمنى باتجاه الدرج.

Vielleicht wartete eine übernatürliche Macht darauf, ihn zu retten.

ربما كانت قوة خارقة للطبيعة تنتظر لإنقاذه.

Gregor wusste, dass er ihn so nicht gehen lassen konnte.

كان غريغور يعلم أنه لا يستطيع السماح له بالرحيل بهذه الطريقة.

Der Manager darf nicht in der Stimmung zurückkehren, in der er sich befand.

يجب ألا يعود المدير بنفس الحالة المزاجية التي كان عليها.

Gregors Arbeitsplatz war stark gefährdet.

كان أمن وظيفة غريغور في خطر كبير.

Die Eltern konnten das alles nicht vollständig verstehen.

لم يستطع الوالدان فهم كل هذا بشكل كامل.

Über die Jahre hatten sie sich an seine Arbeitsplatzsicherheit gewöhnt.

على مر السنين، اعتادوا على استقرار وظيفته.

Und sie waren davon überzeugt, dass er den Job auf Lebenszeit hatte.

وقد اقتنعوا بأنه سيحصل على الوظيفة مدى الحياة.

Stattdessen hatten sie sich mit anderen Sorgen beschäftigt.

بدلاً من ذلك، انشغلوا بمشاكل أخرى أكثر.

Doch diese Bedenken führten dazu, dass sie jegliche
Weitsicht verloren.

لكن هذه المخاوف دفعتهم إلى فقدان كل بصيرة.

Gregor hatte jedoch die elterliche Weitsicht nicht verloren.

لكن غريغور لم يفقد بعد نظر الوالدين.

Jemand musste den Bevollmächtigten stoppen.

كان لا بد من إيقاف الممثل المفوض.

Er musste ihn beruhigen und überzeugen.

كان عليه أن يهدئه ويقنعه.

Davon hing die Zukunft von Gregor und seiner Familie ab!

كان مستقبل غريغور وعائلته يعتمد على ذلك!

Wenn doch nur die kluge Schwester da gewesen wäre, um
zu helfen.

لو كانت الأخت الذكية هنا للمساعدة.

Sie hatte schon geweint, als Gregor noch in seinem Zimmer
war.

لقد بكت بالفعل عندما كان غريغور لا يزال في غرفته.

Zu diesem Zeitpunkt lag er einfach nur ruhig auf dem
Rücken.

في تلك اللحظة، كان مستلقياً بهدوء على ظهره.

Sie wusste damals schon um die Bedeutung der Situation.

كانت تدرك بالفعل أهمية الموقف حينها.

Der Manager hatte bekanntermaßen eine Schwäche für
Frauen.

كان المدير معروفاً بميله الشديد للنساء.

Sie hätte ihn leicht dazu überreden können, länger zu
bleiben.

كان بإمكانها بسهولة إقناعه بالبقاء لفترة أطول.

Sie hätte die Tür geschlossen und ihn wieder hineingeführt.

كانت ستغلق الباب وتعيده إلى الداخل.

Doch leider war die Schwester bereits aufgebrochen, um
einen Arzt zu holen.

لكن لسوء الحظ، ذهبت الأخت لإحضار طبيب.

Deshalb blieb Gregor nichts anderes übrig, als es selbst zu tun.

لذلك لم يكن أمام غريغور خيار سوى القيام بذلك بنفسه.

Er hatte nicht bedacht, welche Fähigkeiten er tatsächlich besaß.

لم يكن قد فكر في ماهية قدراته الحقيقية.

Und er hatte vergessen, seiner Fähigkeit zu sprechen zu misstrauen.

وقد نسي أن يشك في قدرته على الكلام.

Dennoch verließ er die Sicherheit seines Zimmers.

لكن مع ذلك، فقد غادر أمان غرفته.

Und er drängte sich durch die Öffnung des Zimmers.

ودفع نفسه عبر فتحة الغرفة.

Der Manager war bereits auf dem Weg die Treppe hinunter.

كان المدير قد بدأ بالفعل بالنزول على الدرج.

Aber er hielt sich mit beiden Händen am Geländer fest.

لكنه كان متمسكاً بالدرابزين بكلتا يديه.

Gregor stürzte, als er sich durch die Tür schob.

سقط غريغور أرضاً وهو يدفع نفسه عبر الباب.

Er stieß einen kleinen Schrei aus, als er nach Halt griff.

أطلق صرخة صغيرة وهو يحاول التشبث بأي شيء طلباً للدعم.

Doch anstatt in Panik zu geraten, verspürte er ein körperliches Wohlbefinden.

لكن بدلاً من الذعر، شعر براحة جسدية.

Zum ersten Mal an diesem Morgen fühlte sich etwas richtig an.

لأول مرة في ذلك الصباح، شعرت أن شيئاً ما كان صحيحاً.

Alle seine Beine standen nun auf festem Boden.

أصبحت جميع ساقيه الآن على أرض صلبة تحتها.

Er war überrascht, wie gut er seine Beine kontrollieren konnte.

لقد فوجئ بمدى قدرته على التحكم بساقيه.

Er freute sich, festzustellen, dass seine Beine ihm vollkommen gehorchten.

لقد شعر بالسعادة عندما لاحظ أن ساقيه تطيعانه تماماً.

Tatsächlich trugen ihn seine Beine überall hin, wo er hinwollte.

في الواقع، كانت ساقاه تحملانه إلى أي مكان يريده.

Bald würden all seine Sorgen ein Ende finden.

سرعان ما ستنتهي كل أحزانه.

Doch im selben Augenblick sprang seine eigene Mutter auf.

لكن في نفس اللحظة قفزت والدته.

Ihre Arme waren ausgestreckt und ihre Finger gespreizt.

كانت ذراعاها ممدودتين، وأصابعها متباعدة.

Und sie schrie: „Hilfe, um Gottes willen, helft mir!"

وصرخت قائلة: "أغيثوني، بالله عليكم أغيثوني"!

Sie neigte den Kopf; sie wollte Gregor besser sehen.

أمالت رأسها؛ أرادت أن ترى غريغور بشكل أفضل.

Doch im Gegensatz zu ihrer ersten Handlung rannte sie zurück.

لكن على عكس الفعل الأول، ركضت للخلف.

Sie hatte vergessen, dass der Tisch hinter ihr gedeckt war.

لقد نسيت أن الطاولة كانت مُعدّة خلفها.

Alle Speisen fürs Frühstück standen noch auf dem Tisch.

كانت جميع مستلزمات الإفطار لا تزال على الطاولة.

Sie setzte sich hastig auf den Tisch, als sei sie abgelenkt.

جلست على الطاولة على عجل، كما لو كانت مشتتة الذهن.

Und sie schien den verschütteten Kaffee nicht zu bemerken.

ويبدو أنها لم تلاحظ القهوة المسكوبة.

Der Kaffee, der inzwischen in den Teppich eingezogen war.

القهوة التي كانت تتشربها السجادة الآن.

„Mutter, Mutter", sagte Gregor leise und blickte zu ihr auf.

قال غريغور بهدوء وهو ينظر إليها: "أمي، أمي."

Im Moment war ihm der Manager nicht wichtig.

في الوقت الحالي، لم يكن المدير مهماً بالنسبة له.

Aber da war auch noch der Kaffee, der auf den Teppich tropfte.

لكن كان هناك أيضاً القهوة التي تتساقط على السجادة.

Gregor konnte nicht widerstehen und schnappte nach dem Kaffee.

لم يستطع غريغور مقاومة فتح فمه عند رؤية القهوة.

Die Mutter fing wegen seines Verhaltens wieder an zu weinen.

بدأت الأم بالبكاء مرة أخرى بسبب سلوكه.

Sie sprang vom Tisch, um Abstand von ihm zu gewinnen.

قفزت من على الطاولة لتبتعد عنه.

Und sie rannte in die Arme ihres Vaters, um Schutz zu suchen.

وركضت إلى أحضان والدها طلباً للأمان.

Doch Gregor hatte jetzt keine Zeit mehr für seine Eltern.

لكن غريغور لم يعد لديه وقت ليضيعه مع والديه الآن.

Der zuständige Beamte befand sich bereits auf der Treppe.

كان الضابط المخوّل موجوداً بالفعل على الدرج.

Er hatte sein Kinn auf dem Geländer, um ins Haus zu schauen.

كان يضع ذقنه على السور لينظر إلى داخل المنزل.

Offenbar wollte er sich das Spektakel noch ein letztes Mal ansehen.

على ما يبدو، أراد إلقاء نظرة أخيرة على المشهد.

Und Gregor unternahm einen letzten Versuch, den Manager zu erreichen.

وبذل غريغور جهداً أخيراً للوصول إلى المدير.

Er rannte so sicher wie möglich zur Tür.

ركض نحو الباب بأمان قدر استطاعته.

Aber der Hauptsekretär muss etwas geahnt haben.

لكن لا بد أن رئيس الكتبة كان يشك في شيء ما.

Denn er sprang mehrere Stufen hinunter und verschwand.

لأنه قفز عدة درجات إلى أسفل واختفى.

"Huh!", rief Gregor, und sein Ruf hallte durch das Treppenhaus.

"هاه!" صرخ غريغور، وصدى صوته يتردد في أرجاء الدرج.

Die Flucht des Managers schien auch seinen Vater zu verwirren.

بدا أن هروب المدير قد أثار حيرة والده أيضاً.

Bis dahin war es ihm gelungen, recht gefasst zu bleiben.

لقد تمكن حتى ذلك الحين من الحفاظ على هدوئه التام.

Doch leider verlor auch er die Fassung, die er zuvor besessen hatte.

لكن لسوء الحظ، فقد هو الآخر رباطة جأشه التي كان يتمتع بها.

Er hätte Gregor bei seinem Vorhaben helfen sollen.

كان عليه أن يساعد غريغور في مطاردته.

Doch er packte den Gehstock des Managers mit einer Hand.

لكنه أمسك بعصا المدير بيد واحدة.

In seiner anderen Hand hielt er nun eine Zeitung.

وفي يده الأخرى كان يحمل صحيفة.

Und nun behinderte er Gregor direkt bei seinem Vorhaben.

والآن قام بعرقلة غريغور بشكل مباشر في مطاردته.

Er hatte sich zwischen Gregor und die Straße gestellt.

لقد وضع نفسه بين غريغور والشارع.

Er stampfte mit den Füßen auf und fuchtelte mit dem Stock und der Zeitung herum.

دقّ بقدميه على الأرض، ولوّح بالعصا والصحيفة.

Und er zwang Gregor aktiv zurück in sein Zimmer.

وكان يُجبر غريغور بنشاط على العودة إلى غرفته.

Keine der Bitten, die Gregor äußerte, half.

لم تُجدِ أي من الطلبات التي حاول غريغور تقديمها نفعاً.

**Weil keines seiner Anliegen verstanden wurde.**

لأنه لم يتم فهم أي من الطلبات التي قدمها.

**Er wandte den Kopf in eine tiefere, demütigere Haltung.**

أدار رأسه بزاوية أعمق وأكثر تواضعاً.

**Doch sein Vater antwortete, indem er noch heftiger mit den Füßen aufstampfte.**

لكن والده ردّ عليه بالدوس بقدميه بقوة أكبر.

**Die Mutter öffnete trotz des kühlen Wetters ein Fenster.**

فتحت الأم النافذة رغم برودة الطقس.

**Und sie presste ihr Gesicht in die Hände vor Kälte.**

وضغطت وجهها بين يديها في البرد.

**Der Wind konnte nun durch die gesamte Wohnung strömen.**

أصبح بإمكان الرياح الآن المرور عبر الشقة بأكملها.

**Ein starker Luftzug wehte vom Treppenhaus in die Gasse.**

هبت نسمة هواء قوية من الدرج إلى الزقاق.

**Die Vorhänge wurden vom starken Wind hin und her bewegt.**

رفرفت الستائر بفعل الرياح القوية.

**Und die Zeitung auf dem Tisch raschelte im Wind.**

وصدرت حفيفات من الصحيفة الموضوعة على الطاولة في مهب الريح.

**Sogar einige Blätter wurden von draußen ins Haus geweht.**

حتى أن بعض الأوراق دخلت إلى المنزل من الخارج.

**Der Vater stampfte mit den Füßen und schob unerbittlich.**

دق الأب قدميه على الأرض ودفع بلا هوادة.

**Und er zischte und gab Geräusche von sich, wie es ein Wilder tun würde.**

وأصدر أصواتاً كصوت رجل متوحش.

**Gregor hatte das Rückwärtsgehen aber noch nicht geübt.**

لكن غريغور لم يكن قد تدرب بعد على المشي إلى الخلف.

Selbst Gregor würde zugeben, dass diese Bewegung
wesentlich langsamer vonstatten ging.

حتى غريغور نفسه سيعترف بأن هذه الحركة كانت أبطأ بكثير.

Doch alles, was er wollte, war die Gelegenheit, umzukehren.

لكن كل ما كان يريده هو فرصة للعودة.

Dann wäre er sofort in sein Zimmer gegangen.

ثم كان سيذهب إلى غرفته مباشرة.

Aber er hatte zu große Angst, seinen Vater ungeduldig zu
machen.

لكنه كان يخشى كثيراً أن يجعل والده ينفد صبره.

Und es bestand die Drohung mit einem Schlag mit dem
Stock.

وكان هناك تهديد بالضرب بالعصا.

Ein solcher Schlag auf den Hinterkopf könnte tödlich sein.

قد تكون مثل هذه الضربة على مؤخرة الرأس قاتلة.

Am Ende blieb Gregor jedoch keine andere Wahl.

لكن في النهاية لم يتبق أمام غريغور أي خيار آخر.

Ihm wurde klar, dass er nicht einmal mehr geradeaus
rückwärts gehen konnte.

أدرك أنه لا يستطيع حتى المشي للخلف بشكل مستقيم.

Er begann sich so schnell wie möglich umzudrehen.

بدأ يستدير بأسرع ما يمكن.

Doch in Wirklichkeit war diese Drehbewegung genauso
langsam.

لكن في الواقع، كانت هذه الحركة الدورانية بطيئة بنفس القدر.

Und ihm folgten die besorgten Blicke des Vaters.

وتبعته نظرات الأب القلقة.

Vielleicht bemerkte der Vater Gregors gute Absichten.

ربما لاحظ الأب نوايا غريغور الحسنة.

Weil er ihn nicht daran hinderte, sich umzudrehen.

لأنه لم يمنعه من الالتفات.

Er benutzte sogar die Spitze seines Stocks, um die Drehung zu steuern.

بل إنه استخدم طرف عصاه لتوجيه الدوران.

Gregor wünschte sich aber dennoch, sein Vater hätte ihn nicht angefaucht!

لكن غريغور ما زال يتمنى لو أن والده لم يصرخ في وجهه!

Das Zischen trug nur noch zur Verwirrung des Augenblicks bei.

لم يزد صوت الفحيح إلا من ارتباك اللحظة.

Und dann unterlief ihm ein Fehler, und er bog in die falsche Richtung ab.

ثم ارتكب خطأً وانعطف في الاتجاه الخاطئ.

Am Ende gelang es ihm schließlich doch, den richtigen Weg einzuschlagen.

وفي النهاية تمكن أخيراً من مواجهة الطريق الصحيح.

Und er war zufrieden mit den Fortschritten, die er gemacht hatte.

وكان مسروراً بالتقدم الذي أحرزه.

Doch dann trat das nächste Problem noch deutlicher zutage.

لكن المشكلة التالية أصبحت أكثر وضوحاً.

Sein Körper war zu breit, um problemlos durch die Tür zu passen.

كان جسده عريضاً جداً بحيث لا يمكنه المرور بسهولة من الباب.

In seinem jetzigen Zustand bemerkte der Vater dies nicht.

في حالته الراهنة، لم يلاحظ الأب ذلك.

Deshalb kam es ihm nicht in den Sinn, die Tür weiter zu öffnen.

لذلك لم يخطر بباله أن يفتح الباب أكثر.

Dann wäre genügend Platz für Gregor gewesen.

عندها كان سيكون هناك مساحة كافية لغريغور.

Seine einzige Priorität war es, Gregor in sein Zimmer zu bringen.

كانت أولويته الوحيدة هي إدخال غريغور إلى غرفته.

Er hätte aufstehen müssen, um durch die Tür zu passen.

كان عليه أن يقف منتصباً ليتمكن من المرور عبر الباب.

Der Vater hätte ein solches Manöver jedoch nicht zugelassen.

لكن الأب لم يكن ليسمح بمثل هذه المناورة.

Tatsächlich fauchte er ihn noch heftiger an als zuvor.

في الواقع، كان يزمجر في وجهه بشكل أكثر شراسة من ذي قبل.

Es klang nach mehr als nur einem Mann, der ihn anzischt.

بدا الأمر وكأنه أكثر من مجرد رجل واحد يهمس في وجهه.

Seine Forderungen schienen nun an Dringlichkeit gewonnen zu haben.

بدت مطالبه وكأنها تحمل طابعاً جديداً من الإلحاح.

Für Spielereien war jetzt wirklich keine Zeit mehr.

لم يعد هناك وقت للعبث الآن.

Was auch immer geschah, Gregor musste durch die Tür gelangen.

مهما حدث، كان على غريغور أن يدخل من الباب.

Er kämpfte sich ohne jegliche Rücksicht auf sich selbst durch.

لقد بذل قصارى جهده دون أي اعتبار لذاته.

Durch die Bewegung wurde eine Seite seines Körpers nach oben gedrückt.

أدى هذا التحرك إلى رفع أحد جانبي جسده للأعلى.

Und er lag unbeholfen und schief zwischen den Türrahmen.

واستلقى بشكل غير مريح وملتوٍ بين المدخل.

Eine seiner Flanken war am Holz wundgescheuert.

تعرض أحد جانبيه للخدش الشديد بسبب احتكاكه بالخشب.

Und er hatte hässliche Flecken auf der weiß gestrichenen Tür hinterlassen.

وقد ترك بقعاً قبيحة على الباب المطلي باللون الأبيض.

Auf einer Seite seines Körpers hingen die Beine zitternd in der Luft.

كانت ساقاه على أحد جانبيه تتدلى مرتجفة في الهواء.

Seine anderen Beine drückten schmerzhaft gegen den Boden.

كانت ساقاه الأخريان مضغوطتين على الأرض بشكل مؤلم.

Bald würde er vollständig zwischen den Türen eingeklemmt sein.

وسرعان ما سيجد نفسه عالقاً بين البابين تماماً.

Und dann hätte er sich überhaupt nicht mehr bewegen können.

وحينها لم يكن ليتمكن من الحركة على الإطلاق.

Doch der Vater gab ihm einen wahrhaft befreienden, starken Anstoß.

لكن الأب أعطاه دفعة قوية ومحررة حقاً.

Und er stürzte, stark blutend, tief in sein Zimmer hinein.

وسقط، ينزف بغزارة، في عمق غرفته.

Der Vater knallte die Tür hinter sich mit seinem Stock zu.

أغلق الأب الباب خلفه بعصاه.

Und dann kehrte endlich wieder Ruhe ein.

وأخيراً عاد الهدوء والسكينة من جديد.

**Teil Zwei**

الجزء الثاني

Gregor wachte erst viel später am Tag auf.

لم يستيقظ غريغور إلا في وقت متأخر من اليوم.

Die Dämmerung war hereingebrochen; er hatte tief und fest geschlafen.

حلّ الغسق؛ لقد نام نوماً عميقاً ودون وعي.

Er wäre auch ohne Störung aufgewacht.

كان سيستيقظ حتى بدون أن يزعجه أحد.

Denn er fühlte sich ausreichend ausgeruht und gut geschlafen.

لأنه شعر بالفعل بأنه قد حصل على قسطٍ كافٍ من الراحة والنوم الجيد.

Aber er glaubte, draußen flüchtige Schritte zu hören.

لكنه ظن أنه سمع خطوات خاطفة في الخارج.

Und vielleicht hat jemand die Haustür sorgfältig geschlossen.

وربما يكون أحدهم قد أغلق الباب الأمامي بعناية.

Das Licht der elektrischen Straßenbahn lag blass an der Decke.

كان ضوء الترام الكهربائي خافتاً على السقف.

Auch die Oberseite der Möbel wurde ein wenig beleuchtet.

كما حظي الجزء العلوي من الأثاث ببعض الإضاءة أيضاً.

Doch unten am Boden, auf Gregors Höhe, war es dunkel.

لكن على الأرض، على مستوى غريغور، كان الظلام حالكاً.

Seine Beine schoben ihn langsam wieder in Richtung Tür.

دفعته ساقاه ببطء نحو الباب مرة أخرى.

Er war sehr neugierig, zu sehen, was dort geschehen war.

كان فضولياً للغاية لمعرفة ما حدث هناك.

Seine Kontrolle über seine Fühler war jedoch noch nicht entwickelt.

لكن سيطرته على حواسه لم تكن قد تطورت بعد.

**Obwohl er diese neuen Sensoren allmählich zu schätzen begann.**

على الرغم من أنه بدأ يُقدّر هذه المستشعرات الجديدة.

**Eine lange, unansehnliche Narbe schien seine linke Seite hinunterzulaufen.**

بدت ندبة طويلة بشعة تمتد على طول جانبه الأيسر.

**Die Narbe fühlte sich an, als würde sie diese Seite seines Körpers einengen.**

كان يشعر وكأن الندبة قد شدّت ذلك الجانب من جسده.

**Und so musste er buchstäblich auf seinen zwei Beinreihen humpeln.**

وهكذا اضطر حرفياً إلى العرج على صفّي ساقيه.

**Eines seiner Beine war an diesem Morgen schwer verletzt worden.**

كانت إحدى ساقيه قد أصيبت بجروح خطيرة في ذلك الصباح.

**Es war wirklich ein Wunder, dass er sich nicht noch mehr Beine gebrochen hatte.**

لقد كانت معجزة حقاً أنه لم يكسر المزيد من الأرجل.

**Und so schleppte er sein verletztes Bein leblos hinter sich her.**

وهكذا جرّ ساقه المصابة بلا حراك خلفه.

**Als er die Tür erreichte, erkannte er etwas Tiefgreifendes.**

عندما وصل إلى الباب أدرك شيئاً عميقاً.

**Es war der Geruch von etwas, der ihn dorthin gelockt hatte.**

كانت رائحة شيء ما هي التي جذبته إلى هناك.

**In Gregors Zimmer war etwas Essbares für ihn hinterlassen worden.**

وُضِعَ شيءٌ صالحٌ للأكل لغريغور في غرفته.

**Stückchen Weißbrot schwimmen in einer Schüssel mit süßer Milch.**

قطع من الخبز الأبيض تطفو في وعاء من الحليب الحلو.

Er konnte seine innere Freude kaum verbergen.

لم يستطع كبح جماح الفرح الذي كان يملأ قلبه.

Er war jetzt noch hungriger als am Morgen.

كان يشعر بجوع أكبر الآن مما كان عليه في الصباح.

Er tauchte sofort seinen Kopf in die Schüssel mit Milch.

غمس رأسه على الفور في وعاء الحليب.

Die Milch quoll ihm fast über den ganzen Kopf, bis zu den Augen.

خرج الحليب من رأسه بالكامل تقريباً، حتى وصل إلى عينيه.

Doch schon bald riss er den Kopf zurück, bitter enttäuscht.

لكنه سرعان ما سحب رأسه إلى الوراء، وقد خاب أمله بشدة.

Das Essen war aufgrund seiner empfindlichen linken Seite schwierig.

كان تناول الطعام صعباً بسبب حساسية جانبه الأيسر.

Und er konnte nur essen, indem er mit dem ganzen Körper keuchte.

ولم يكن يستطيع أن يأكل إلا وهو يلهث بكل جسده.

Das war jedoch nicht der wahre Grund für seine Enttäuschung.

لكن ذلك لم يكن السبب الحقيقي لخيبة أمله.

Milch war schon immer eines seiner Lieblingsgerichte gewesen.

لطالما كان الحليب أحد أطباقه المفضلة.

Er hatte keinen Zweifel daran, dass seine Schwester sich daran erinnerte.

لم يكن لديه أدنى شك في أن أخته قد تذكرت ذلك.

Und das war der Grund, warum sie ihm Milch gegeben hatte.

وكان هذا هو السبب الذي دفعها لإعطائه الحليب.

Er konnte nicht erklären, warum er Milch jetzt nicht mehr mochte.

لم يستطع أن يفسر سبب كرهه للحليب الآن.

Und er wandte sich fast widerwillig von der Schüssel ab.

وانصرف عن الوعاء وكأنه على مضض.

Enttäuscht kroch er zurück in die Mitte des Raumes.

شعر بخيبة أمل، فزحف عائداً إلى منتصف الغرفة.

Hier konnte er durch den Türspalt hindurchsehen.

وهنا تمكن من الرؤية من خلال الشق الموجود في الباب.

Er konnte sehen, dass im Wohnzimmer das Feuer brannte.

كان بإمكانه أن يرى أن النار مشتعلة في غرفة المعيشة.

Gewöhnlich las der Vater um diese Zeit die Zeitung.

عادة ما كان الأب يقرأ الصحيفة في هذا الوقت.

Er las seiner Mutter immer mit erhobener Stimme vor.

كان دائماً يقرأ للأم بصوت عالٍ.

Manchmal lauschte auch die Schwester dem Vater.

في بعض الأحيان كانت الأخت تستمع أيضاً إلى حديث الأب.

Sie hatte Gregor immer von diesem Vorlesen erzählt.

لطالما أخبرت غريغور عن هذه القراءة بصوت عالٍ.

Doch heute war aus dem Zimmer kein Laut zu hören.

لكن اليوم لم يصدر أي صوت من الغرفة.

Vielleicht war diese Gewohnheit bereits in Vergessenheit geraten.

ربما تكون هذه العادة قد اندثرت بالفعل.

Eine tiefe Stille hatte sich über die gesamte Wohnung gelegt.

ساد صمت عميق أرجاء الشقة بأكملها.

Obwohl er wusste, dass die Wohnung ganz sicher nicht leer war.

مع أنه كان يعلم أن الشقة لم تكن خالية بالتأكيد.

„Was für ein ruhiges Leben die Familie doch führte", dachte Gregor.

"يا لها من حياة هادئة تعيشها العائلة"، هكذا فكر غريغور.

Und er blickte mit großem Stolz in die Dunkelheit.

وحدق في الظلام بكبرياء عظيم.

Er war stolz auf das Leben, das er ihnen hatte ermöglichen können.

كان فخوراً بالحياة التي استطاع أن يمنحها لهم.

Er war stolz auf die schöne Wohnung, in der sie lebten.

كان فخوراً بالشقة الجميلة التي كانوا يعيشون فيها.

Doch sollte dieser Frieden nun ein schreckliches Ende nehmen?

لكن هل كان كل هذا السلام على وشك أن ينتهي نهاية مروعة؟

Würde man ihnen ihren Wohlstand nehmen?

هل سيُسلب منهم رخاؤهم؟

War ihre Zufriedenheit nun in Zukunft ungewiss?

هل أصبح رضاهم غير مؤكد في المستقبل؟

Doch er wollte sich nicht in solchen Gedanken verlieren.

لكنه لم يرغب في أن يغرق في مثل هذه الأفكار.

Um sich die Zeit zu vertreiben, kroch er die Wände rauf und runter.

ولإشغال نفسه، كان يزحف صعوداً وهبوطاً على الجدران.

Im Laufe des langen Abends wurde eine Tür einen Spalt breit geöffnet.

خلال الأمسية الطويلة، فُتح أحد الأبواب قليلاً.

Und zu einem anderen Zeitpunkt öffnete sich die andere Tür einen Spaltbreit.

وفي وقت آخر انفتح الباب الآخر قليلاً.

Doch beide Male wurden die Türen schnell wieder geschlossen.

لكن في كلتا المرتين، أُغلقت الأبواب بسرعة مرة أخرى.

Offenbar hatte jemand draußen den Wunsch, hereinzukommen.

من الواضح أن شخصًا ما من الخارج كان لديه الرغبة في الدخول.

Aber sie hatten auch zu viele Bedenken, hereinzukommen.

لكن كان لديهم أيضاً الكثير من المخاوف بشأن الدخول.

Gregor blieb nun direkt vor der Wohnzimmertür stehen.

توقف غريغور الآن مباشرة عند باب غرفة المعيشة.

Er war fest entschlossen, den zögernden Besucher irgendwie zu verführen.

كان مصمماً على إغراء الزائر المتردد بطريقة أو بأخرى.

Und er wollte auch wissen, wer der Besucher gewesen war.

وأراد أيضاً من يعرف من كان الزائر.

Doch an diesem Abend wurde die Tür kein drittes Mal geöffnet.

لكن في ذلك المساء لم يُفتح الباب للمرة الثالثة.

Und Gregor verbrachte seine Zeit vergeblich damit, an der Tür zu warten.

وأمضي غريغور وقته ينتظر عند الباب عبثاً.

Früher am Tag wollten sie alle in den Raum kommen.

في وقت سابق من ذلك اليوم، أرادوا جميعًا الدخول إلى الغرفة.

Jetzt, da die Türen unverschlossen waren, würde es ihnen leichter fallen.

الآن وقد أصبحت الأبواب مفتوحة، سيكون الأمر أسهل بالنسبة لهم.

Aber sie entschieden sich dafür, auf der anderen Seite des Raumes zu bleiben.

لكنهم اختاروا البقاء على الجانب الآخر من الغرفة.

Gregor bemerkte, dass die Schlüssel nicht mehr in ihren Schlössern steckten.

لاحظ غريغور أن المفاتيح لم تعد في أقفالها.

Jemand muss die Schlüssel zum Außenschloss umgesteckt haben.

لا بد أن أحدهم قد نقل المفاتيح إلى القفل الخارجي.

Erst spät in der Nacht wurde das Licht im Wohnzimmer ausgeschaltet.

لم يتم إطفاء ضوء غرفة المعيشة إلا في وقت متأخر من الليل.

Die Familie muss die ganze Zeit wach geblieben sein.

لا بد أن العائلة ظلت مستيقظة طوال الوقت.

Und Gregor konnte deutlich hören, wie sie sich auf Zehenspitzen davonschlichen.

وكان بإمكان غريغور أن يسمعهم بوضوح وهم يبتعدون على أطراف أصابعهم.

Nun würde bis zum Morgen niemand zu Gregor kommen.

الآن لن يأتي أحد إلى غريغور حتى الصباح.

So hatte er lange Zeit für sich, um ungestört nachzudenken.

لذلك كان لديه وقت طويل لنفسه، ليفكر دون إزعاج.

Wie könnte man sein Leben jetzt am besten neu ordnen?

ما هي أفضل طريقة لإعادة تنظيم حياته الآن؟

Doch die hohen Wände des leeren Zimmers ängstigten ihn.

لكن الجدران العالية للغرفة الفارغة أخافته.

Ihm blieb keine andere Wahl, als sich flach auf den Boden zu legen.

لم يكن أمامه خيار سوى أن يستلقي على الأرض.

Und er fand in diesem Raum niemals die Ursache seiner Angst.

ولم يجد أبدًا سبب خوفه في ذلك المكان.

Es war dasselbe Zimmer, in dem er seit fünf Jahren lebte.

كانت نفس الغرفة التي عاش فيها لمدة خمس سنوات.

Halb bewusst machte er eine Bewegung in Richtung Sofa.

قام بحركة نحو الأريكة بشكل شبه واعٍ.

Und ohne jede Scham versteckte er sich unter dem Sofa.

وبدون أي خجل اختبأ تحت الأريكة.

Dort unten fühlte er sich sofort wieder sehr wohl.

هناك في الأسفل شعر بالراحة التامة مرة أخرى على الفور.

Obwohl sein Rücken etwas gequetscht war.

على الرغم من أن ظهره كان مضغوطاً قليلاً.

Auch unter dem Sofa konnte er seinen Kopf nicht mehr heben.

لم يعد بإمكانه رفع رأسه تحت الأريكة أيضاً.

Aber selbst das zog er einem Aufenthalt im Freien vor.

لكن حتى هذا كان يفضله على التواجد في أي منطقة مفتوحة.

Er bedauerte jedoch, dass sein Körper so breit war.

لكنه ندم على أن جسده كان عريضاً جداً.

Das Sofa konnte seinen ganzen Körper nicht vollständig bedecken.

لم تستطع الأريكة أن تغطي جسده بالكامل.

Er blieb die ganze Nacht unter dem Sofa.

بقي تحت الأريكة طوال الليل.

Die Nacht verbrachte er halb schlafend, geplagt von seinem Hunger.

قضى الليلة نصف نائم، وقد أزعجه جوعه.

Und die Zeit, die er wach war, verbrachte er entweder in Sorgen oder in Hoffnung.

أما الوقت الذي كان يقضيه مستيقظاً فكان إما قلقاً أو متفائلاً.

Doch all seine vagen Hoffnungen führten zu demselben Schluss.

لكن كل آماله الغامضة أدت إلى نفس النتيجة.

Ihm blieb nichts anderes übrig, als vorerst zu schweigen.

لم يكن أمامه خيار سوى التزام الصمت في الوقت الراهن.

Er musste der Familie gegenüber Geduld und Rücksichtnahme zeigen.

كان عليه أن يُظهر الصبر والمراعاة تجاه العائلة.

Es war die einzige Möglichkeit, die Unannehmlichkeiten erträglich zu machen.

كانت تلك هي الطريقة الوحيدة لجعل الإزعاج محتملاً.

Die Unannehmlichkeiten, die er nun der Familie auferlegte.

الإزعاج الذي كان يفرضه الآن على العائلة.

Er musste nicht lange warten, um sein Mitgefühl unter Beweis zu stellen.

لم يكن عليه أن ينتظر طويلاً ليثبت تعاطفه.

Früh am Morgen schaute die Schwester in sein Zimmer.

في الصباح الباكر، نظرت الأخت إلى غرفته.

Obwohl es eigentlich genauso viel Nacht wie Morgen war.

مع أن الوقت كان ليلاً بقدر ما كان صباحاً.

Sie war vollständig angezogen und schien aufgeregt zu sein.

كانت ترتدي ملابسها كاملة، وبدا عليها الحماس.

Die Tragfähigkeit seiner neu getroffenen Entscheidung könnte sich bewähren.

قد يتم اختبار مدى قوة قراره الجديد.

Sie entdeckte ihn nicht sofort auf Anhieb.

لم تجده على الفور بنظرتها الأولى.

Er musste irgendwo sein; weggeflogen konnte er nicht sein.

كان لا بد أن يكون في مكان ما؛ لم يكن بإمكانه أن يطير بعيدًا.

Doch dann schweifte ihr Blick ein zweites Mal durch den Raum.

لكن بعد ذلك ألقت نظرة ثانية على الغرفة.

Und dieses Mal entdeckte sie seinen Oberkörper unter dem Sofa.

وفي هذه المرة رأت جذعه تحت الأريكة.

Sie war so verängstigt, dass sie jegliche Selbstbeherrschung verlor.

كانت خائفة للغاية لدرجة أنها فقدت السيطرة على نفسها تماماً.

Und ihre erste Reaktion war, die Tür wieder zuzuschlagen.

وكان رد فعلها الأول هو إغلاق الباب بقوة مرة أخرى.

Doch sie schien ihr Verhalten auch sofort zu bereuen.

لكنها بدت أيضاً نادمة على سلوكها على الفور.

Kaum hatte sie die Tür zugeschlagen, öffnete sie sie auch schon wieder.

ما إن أغلقت الباب بقوة حتى فتحته مرة أخرى.

Und diesmal schlich sie sich leise auf Zehenspitzen in den Raum.

وهذه المرة دخلت الغرفة على أطراف أصابعها برفق.

Sie bewegte sich, als ob sie eine schwerkranke Person besuchen würde.

كانت تتحرك كما لو كانت تزور شخصًا مريضًا بشدة.

Oder sie könnte einen völlig Fremden besucht haben.

أو ربما كانت تزور شخصاً غريباً تماماً.

Gregor drückte seinen Kopf fast bis an den Rand des Sofas.

دفع غريغور رأسه حتى كاد يلامس حافة الأريكة.

Und von unterhalb des Tresors beobachtete er sie im Zimmer.

ومن تحت الخزنة راقبها في الغرفة.

Würde sie bemerken, dass er die Milch stehen gelassen hatte?

هل كانت ستلاحظ أنه ترك الحليب؟

Er hatte die Milch nicht etwa aus Mangel an Hunger stehen gelassen.

لم يترك الحليب بسبب نقص الجوع.

Wollte sie ihm stattdessen anderes Essen bringen?

هل كانت ستُحضر له طعاماً مختلفاً بدلاً من ذلك؟

Vielleicht ein Gericht, das seinen Vorlieben besser entsprach.

ربما طبق يناسب ذوقه بشكل أفضل.

Aber sie hätte seinen Appetit selbst bemerken müssen.

لكن كان عليها أن تلاحظ شهيته بنفسها.

Er wäre lieber verhungert, als sie davon erfahren zu lassen.

كان يفضل الموت جوعاً على أن يجعلها تدرك ذلك.

Eigentlich hätte er es ihr sehr gerne gesagt.

في الحقيقة، كان يرغب بشدة في إخبارها.

Er war wirklich versucht, unter dem Sofa hervorzuschießen.

كان يشعر برغبة شديدة في إطلاق النار من تحت الأريكة.

Er wollte sich seiner Schwester zu Füßen werfen.

أراد أن يلقي بنفسه عند قدمي أخته.

Und er wollte sie um etwas Leckeres zu essen bitten.

وأراد أن يطلب منها شيئاً جيداً ليأكله.

Doch dann blickte die Schwester zu der Schüssel mit Milch.

لكن بعد ذلك نظرت الأخت نحو وعاء الحليب.

Sie bemerkte sofort, dass die Schüssel noch voll war.

لاحظت على الفور أن الوعاء لا يزال ممتلئاً.

Sie war ziemlich überrascht, dass Gregor nichts gegessen hatte.

لقد فوجئت إلى حد ما بأن غريغور لم يأكل شيئاً.

Nur ein wenig Milch war auf den Boden verschüttet worden.

لم ينسكب على الأرض سوى القليل من الحليب.

Sie nahm sofort die Schüssel und trug sie hinaus.

أمسكت بالوعاء على الفور، وحملته إلى الخارج.

Er sah, dass sie die Schüssel nicht mit bloßen Händen aufgehoben hatte.

لاحظ أنها لم تلتقط الوعاء بيديها العاريتين.

Stattdessen hob sie die Schüssel mit einem der Lappen hoch.

بدلاً من ذلك، التقطت الوعاء باستخدام إحدى قطع القماش.

Gregor vergaß dieses kleine Detail jedoch sehr schnell.

لكن غريغور سرعان ما نسي هذه التفاصيل البسيطة.

Er war nun von etwas ganz anderem viel begeisterter.

أصبح الآن أكثر حماساً لشيء آخر.

Was könnte sie als Ersatz für die Milch mitbringen?

ما الذي قد تحضره كبديل للحليب؟

Er hatte verschiedene Vermutungen darüber, was sie wohl mitbringen könnte.

كانت لديه أفكار مختلفة حول ما قد تحضره معها.

Doch die Güte seiner Schwester übertraf seine Erwartungen.

لكن لطف أخته فاق توقعاته.

Ihr wurde klar, dass sie herausfinden musste, was seine neuen Vorlieben waren.

أدركت أنها مضطرة لاختبار ما هي أذواقه الجديدة.

Deshalb brachte sie eine ganze Auswahl an verschiedenen Speisen mit.

لذا أحضرت تشكيلة كاملة من الأطعمة المختلفة.

Halbverfaultes Gemüse, Knochen vom Abendessen.

خضراوات نصف متعفنة، وعظام من وجبة العشاء.

Die eingedickte Soße von der anderen Mahlzeit, die sie gegessen hatten.

صلصة متصلبة من الوجبة الأخرى التي تناولوها.

Ein paar Rosinen, einige Mandeln, trockenes Brot, Butterbrot.

بعض الزبيب، وبعض اللوز، وخبز جاف، وخبز بالزبدة.

Etwas Brot, das mit Butter bestrichen und gesalzen war.

بعض الخبز الذي تم دهنه بالزبدة وتمليحه أيضاً.

Käse, den Gregor vor zwei Tagen noch für ungenießbar erklärt hatte.

الجبن الذي أعلن غريغور أنه غير صالح للأكل قبل يومين.

Die gesamte Auswahl an Speisen wurde auf einer Zeitung ausgelegt.

تم وضع كل هذه التشكيلة من الطعام على صحيفة.

Und sie stellte auch eine Schüssel mit Wasser neben seine Mahlzeiten.

كما وضعت وعاءً من الماء بجانب وجباته.

Sie wusste, dass Gregor nicht vor ihr gegessen hätte.

كانت تعلم أن غريغور لم يكن ليأكل أمامها.

Aus Respekt vor ihm verließ sie deshalb wieder den Raum.

لذا، احتراماً له، غادرت الغرفة مرة أخرى.

Und sie hat beim Weggehen sogar den Schlüssel im Schloss umgedreht.

بل إنها قامت بتدوير المفتاح في القفل وهي تغادر.

Aber sie drehte den Schlüssel ganz leise und vorsichtig um.

لكنها أدارت المفتاح بهدوء وحذر شديدين.

Auf diese Weise würde nur Gregor wissen, dass die Tür verschlossen war.

وبهذه الطريقة لن يعرف أحد سوى غريغور أن الباب مغلق.

Nun konnte er es sich so bequem machen, wie er wollte.

الآن بإمكانه أن يجعل نفسه مرتاحاً كما يشاء.

Gregors Beine surrten, als es Zeit zum Essen war.

كانت ساقا غريغور تتحركان بسرعة عندما حان وقت تناول الطعام.

Bemerkenswert ist, dass er keinerlei Beschwerden mehr verspürte.

والجدير بالذكر أنه لم يعد يشعر بأي انزعاج.

Seine Wunden müssen bereits vollständig verheilt sein.

لا بد أن جروحه قد شفيت تماماً بالفعل.

Weil er seine früheren Behinderungen nicht mehr spürte.

لأنه لم يعد يشعر بإعاقاته السابقة.

Seine neue Fähigkeit zu heilen überraschte und verblüffte ihn.

أدهشته قدرته الجديدة على الشفاء وأثارت دهشته.

Vor mehr als einem Monat schnitt er sich mit einem Messer in den Finger.

قبل أكثر من شهر، جرح إصبعه بسكين.

Bis vor zwei Tagen schmerzte ihn diese Wunde noch.

وحتى قبل يومين، كان ذلك الجرح لا يزال يؤلمه.

„Bin ich jetzt viel weniger empfindlich?", dachte er bei sich.

"هل أصبحت أقل حساسية الآن؟" فكر في نفسه.

Inzwischen lutschte er gierig an dem Käse.

كان قد بدأ بالفعل في مص الجبن بشراهة.

Er fühlte sich vom Käse mehr angezogen als von den anderen Speisen.

كان ينجذب إلى الجبن أكثر من الطعام الآخر.

Er aß schnell ein Stück Käse nach dem anderen.

أكل بسرعة قطعة جبن تلو الأخرى.

Beim Genuss des Geschmacks traten ihm vor Zufriedenheit die Tränen in die Augen.

دمعت عيناه من شدة الرضا عند تذوقه.

Nach dem Käse aß er das Gemüse und die Soße.

بعد الجبن، تناول الخضار والصلصة.

Das frische Essen schmeckte ihm jedoch nicht.

لكن الطعام الطازج لم يكن مذاقه جيداً بالنسبة له.

Tatsächlich konnte er nicht einmal den Geruch von frischen Lebensmitteln ertragen.

في الحقيقة، لم يكن يطيق حتى رائحة الطعام الطازج.

Er hat sogar die anderen Lebensmittel von den frischen Lebensmitteln weggezerrt.

بل إنه سحب الطعام الآخر بعيدًا عن الطعام الطازج.

Und im Nu hatte er auch noch das Essbare aufgegessen.

وسرعان ما أنهى تناول الطعام الأكثر صلاحية.

Das ganze leckere Essen hatte eine schläfrig machende Wirkung auf ihn.

كان لكل الطعام اللذيذ تأثير منوم عليه.

Und er lag träge an der Stelle, wo er gegessen hatte.

واستلقى بكسل في المكان الذي كان قد أكل فيه.

Schließlich kam seine Schwester zurück, um noch einmal nach ihm zu sehen.

وفي النهاية عادت أخته لتطمئن عليه مرة أخرى.

Sie hatte die Weitsicht, den Schlüssel ganz langsam umzudrehen.

كان لديها بعد نظر كافٍ لتدير المفتاح ببطء شديد.

Dies war für Gregor ein Warnsignal, sich zurückzuziehen.

هذا الأمر شكّل تحذيراً لغريغور بضرورة الانسحاب.

Benommen und erschrocken huschte er zurück unter das Sofa.

مذهولاً ومرتبكاً، عاد مسرعاً إلى أسفل الأريكة.

Doch diesmal war es nicht so einfach, unter dem Sofa zu bleiben.

لكن البقاء تحت الأريكة لم يكن سهلاً هذه المرة.

Sein Körper war durch das viele Essen etwas runder geworden.

أصبح جسده مستديراً قليلاً بسبب كثرة الطعام.

Und er musste sich beherrschen, nicht wieder auszulaufen.

وكان عليه أن يضبط نفسه حتى لا ينفد منه السائل مرة أخرى.

Auch wenn die Schwester nicht lange im Zimmer blieb.

على الرغم من أن الأخت لم تمكث طويلاً في الغرفة.

In dem engen Raum rang er nach Luft.

كان يكافح من أجل التنفس تحت تلك المساحة الضيقة.

Doch er überwand die kurzen Anfälle von Atemnot.

لكنه واصل الصمود رغم نوبات الاختناق البسيطة.

Mit aufgerissenen Augen beobachtete er die Aktivitäten der Schwester.

راقب تصرفات أخته بعيون جاحظة.

Die ahnungslose Schwester schüttete alles in einen Eimer.

قامت الأخت غير المدركة للأمر بسكب كل شيء في دلو.

Sie entsorgte nicht nur das Essen, das Gregor nicht gegessen hatte.

لم تكتفِ بالتخلص من الطعام الذي لم يأكله غريغور.

Aber sie entsorgte auch das Essen, das er nicht angerührt hatte.

لكنها كانت تتخلص أيضاً من الطعام الذي لم يلمسه.

Offenbar war dieses Essen nun für niemanden mehr genießbar.

يبدو أن ذلك الطعام لم يعد صالحاً للأكل لأي شخص.

Anschließend verschloss sie den Futtereimer mit einem Holzdeckel.

ثم أغلقت دلو الطعام بغطاء خشبي.

Und mit dem Essen, dem Eimer und dem Wischmopp ging sie.

ثم غادرت ومعها الطعام والدلو والممسحة.

Gregor hätte nicht mehr lange warten können.

لم يكن بإمكان غريغور الانتظار لفترة أطول من ذلك.

Sobald sie weg war, entkam er unter dem Sofa hervor.

ما إن غادرت حتى هرب من تحت الأريكة.

Und er streckte sich aus und atmete erleichtert auf.

ثم تمدد وتنفس الصعداء بارتياح.

So erhielt Gregor von nun an regelmäßig seine Nahrung.

هكذا كان غريغور يتلقى الطعام بين الحين والآخر من الآن فصاعدًا.

Seine Schwester gab ihm einmal früh am Morgen etwas zu essen.

أعطته أخته الطعام مرة واحدة في الصباح الباكر.

Zu dieser Stunde schliefen die Eltern und das Dienstmädchen noch.

في هذه الساعة كان الوالدان والخادمة لا يزالون نائمين.

Und er erhielt eine zweite Mahlzeit, nachdem alle anderen bereits zu Mittag gegessen hatten.

وتلقى وجبة ثانية بعد أن تناول الجميع الغداء.

Denn zu dieser Zeit schliefen die Eltern auch eine Weile.

لأن الوالدين كانا ينامان لفترة من الوقت في ذلك الوقت أيضاً.

Und das Dienstmädchen wurde von der Schwester mit einer Besorgung weggeschickt.

وأرسلت الأخت الخادمة في مهمة ما.

Sie hatten ganz sicher nicht die Absicht, Gregor verhungern zu lassen.

بالتأكيد لم تكن لديهم أي نية لتجويع غريغور.

Aber sie hätten ihm auch nicht beim Essen zusehen wollen.

لكنهم لم يكونوا ليرغبوا في مشاهدته وهو يأكل أيضاً.

Die Angaben der Schwester reichten als Information aus.

ما ذكرته الأخت كان كافياً من المعلومات.

Vielleicht war es ihre Art, den Eltern den Kummer zu
ersparen.

ربما كانت هذه طريقتها لتجنيب الوالدين الحزن.

Sie hatten unter seinen Taten schon genug gelitten.

لقد عانوا بما فيه الكفاية بالفعل من أفعاله.

Der erste Tag verblasste langsam zu einer fernen
Erinnerung.

بدأ اليوم الأول يتحول تدريجياً إلى ذكرى بعيدة.

Gregor hatte keine Möglichkeit zu erfahren, was an diesem
Tag geschah.

لم يكن لدى غريغور أي وسيلة لمعرفة ما حدث في ذلك اليوم.

Wie wurde der Schlüsseldienstmitarbeiter aus der Wohnung
geleitet?

كيف تم إخراج صانع الأقفال من الشقة؟

Mit welchen Ausreden war der Arzt schließlich zufrieden?

بأي أعذار اقتنع الطبيب في النهاية؟

Er hatte keinen Weg gefunden, sich verständlich zu machen.

لم يجد طريقة لجعل نفسه مفهوماً.

Es gelang ihm nicht einmal, mit seiner Schwester zu
kommunizieren.

لم يتمكن حتى من التواصل مع أخته.

Und so dachten sie, er könne sie nicht verstehen.

ولذلك ظنوا أنه لا يستطيع فهمهم.

Und deshalb wurde auch kein Versuch unternommen, mit
ihm zu sprechen.

ولذلك لم تُبذل أي محاولة للتحدث إليه.

Seine Schwester kam jeden Morgen und jeden Mittag in
sein Zimmer.

كانت أخته تدخل غرفته كل صباح ووقت الغداء.

Doch er musste sich damit begnügen, ihre Seufzer zu hören.

لكن كان عليه أن يكتفي بسماع تنهداتها.

Später gewöhnte sie sich dann doch etwas mehr an Gregors Gestalt.

وفي وقت لاحق، اعتادت قليلاً على شكل غريغور.

Und sie fühlte sich etwas freier, weitere Bemerkungen zu machen.

وشعرت بمزيد من الحرية للإدلاء بمزيد من التصريحات.

(Obwohl sie sich nie ganz an ihn gewöhnen würde.)

)مع أنها لن تعتاد عليه تماماً أبداً(.

Und dann fühlte sich Gregor wieder etwas mehr angesprochen.

ثم شعر غريغور بأنه قد تم التحدث إليه مرة أخرى.

Und er nahm wahr, was er als freundliche Kommentare empfand.

وسمع ما اعتبره تعليقات ودية.

„Ihm hat das Essen heute geschmeckt" oder „Er hat alles aufgegessen".

"لقد استمتع بطعامه اليوم"، أو "لقد أكل كل شيء."

Das war aber erst der Fall, nachdem er sein gesamtes Essen aufgegessen hatte.

لكن ذلك لم يحدث إلا بعد أن انتهى من تناول طعامه بالكامل.

Doch in letzter Zeit kam dies immer seltener vor.

لكن هذا أصبح نادر الحدوث بشكل متزايد في الآونة الأخيرة.

„Er hat sein Essen kaum angerührt", sagte sie jetzt immer öfter.

"بالكاد كان يلمس طعامه"، قالت ذلك في كثير من الأحيان الآن.

Und jedes Mal schwang ein Hauch von Traurigkeit in ihrer Stimme mit.

وكان هناك مسحة من الحزن في صوتها في كل مرة.

Gregor konnte keine anderen Nachrichten direkter empfangen.

لم يستطع غريغور سماع أي أخبار أخرى بشكل مباشر.

Aber er hörte viele Neuigkeiten aus den angrenzenden Zimmern mit.

لكنه سمع الكثير من الأخبار من الغرف المجاورة.

**Als er Stimmen hörte, rannte er zur entsprechenden Tür.**

عندما سمع أصواتاً، ركض إلى الباب المقابل.

**Und er presste seinen ganzen Körper gegen die Tür, um zu hören.**

وضغط بجسده كله على الباب ليسمع.

**Alle Gespräche drehten sich in irgendeiner Weise um ihn.**

كانت جميع المحادثات تخصه بطريقة أو بأخرى.

**Selbst wenn es scheinbar um etwas ganz anderes ging.**

حتى عندما يبدو أن الموضوع يدور حول شيء آخر.

**Diese Beobachtung traf insbesondere in der Anfangszeit zu.**

وقد كانت هذه الملاحظة صحيحة بشكل خاص في الأيام الأولى.

**Bei jeder Mahlzeit wiederholten sie die gleiche Diskussion.**

كانوا يكررون نفس النقاش خلال كل وجبة.

**Sie waren sich noch immer unsicher, wie sie sich ihm gegenüber verhalten sollten.**

كانوا لا يزالون غير متأكدين من كيفية التصرف حوله.

**Das gleiche Thema wurde aber auch zwischen den Mahlzeiten besprochen.**

لكن الموضوع نفسه نوقش أيضاً بين الوجبات.

**Weil immer zwei Familienmitglieder zu Hause waren.**

لأن هناك دائماً فردين من العائلة في المنزل.

**Niemand wollte allein im Haus bleiben.**

لم يرغب أحد في البقاء في المنزل بمفرده.

**Aber die Wohnung leer stehen zu lassen, kam auch nicht in Frage.**

لكن ترك الشقة فارغة كان أمراً مستحيلاً أيضاً.

**Das Dienstmädchen war die Einzige, die nicht an die Wohnung gebunden war.**

كانت الخادمة هي الوحيدة غير المرتبطة بالشقة.

**Sie hatte bereits am ersten Tag darum gebeten, gehen zu dürfen.**

لقد طلبت المغادرة في اليوم الأول.

Sie kniete nieder und flehte darum, entlassen zu werden.

ركعت على ركبتيها وتوسلت أن يتم صرفها.

Die Familie wusste nicht, wie viel das Dienstmädchen tatsächlich wusste.

لم تكن العائلة تعرف مدى معرفة الخادمة بالأمر.

Zu diesem Zeitpunkt hatte sie nicht mehr gesehen als alle anderen.

في تلك المرحلة، لم تكن قد رأت أكثر من أي شخص آخر.

Was geschehen war, blieb der Familie weiterhin ein Rätsel.

ما حدث لا يزال لغزاً بالنسبة للعائلة.

Doch eine Viertelstunde später verabschiedete sie sich.

لكن بعد ربع ساعة ودعتهم.

Und sie dankte der Familie mit Tränen in den Augen.

وشكرت العائلة والدموع تملأ عينيها.

Aber eigentlich dankte sie ihnen dafür, dass sie sie freigelassen hatten.

لكنها في الحقيقة شكرتهم على إطلاق سراحها.

Sie schienen ihr größte Freundlichkeit entgegengebracht zu haben.

يبدو أنهم أظهروا لها أقصى درجات اللطف.

Sie leistete sogar einen Eid, ohne dazu aufgefordert worden zu sein.

بل إنها أقسمت يميناً دون أن يُطلب منها ذلك.

Sie sagte, sie würde niemandem erzählen, was passiert war.

وقالت إنها لن تخبر أحداً بما حدث.

Nun musste die Schwester zusammen mit ihrer Mutter kochen.

والآن، بات على الأخت أن تطبخ مع والدتها.

Das war aber keine allzu große Unannehmlichkeit.

لكن هذا لم يكن مزعجاً للغاية.

Weil die beiden sowieso fast nichts aßen.

لأنهما لم يأكلا شيئاً تقريباً على أي حال.

**Immer und immer wieder hörte Gregor dasselbe Gespräch mit.**

سمع غريغور نفس المحادثة مراراً وتكراراً.

**Einer der beiden sagte dem anderen, er müsse mehr essen.**

كان أحد الأشخاص يقول للآخر إنه يجب أن يأكل أكثر.

**Diese Person erhielt jedoch keine Antwort von der betreffenden Person.**

لكن ذلك الشخص لم يتلق أي رد من ذلك الشخص.

**„Danke, ich habe genug", oder etwas Ähnliches.**

"شكراً لك، لدي ما يكفي"، أو شيء مشابه.

**Vielleicht tranken sie auch gar nichts mehr.**

ربما لم يعودوا يشربون أي شيء أيضاً.

**Die Schwester fragte ihren Vater oft, ob er Bier wolle.**

كثيراً ما كانت الأخت تسأل والدها عما إذا كان يريد بيرة.

**Und sie bot freundlicherweise an, das Bier selbst zu holen.**

وعرضت بحرارة أن تحضّر البيرة بنفسها.

**Der Vater schwieg auf ihre Bitte hin stets.**

كان الأب يلتزم الصمت دائماً بناءً على طلبها.

**Die Schwester musste also einen Weg finden, jeden Zweifel auszuräumen.**

لذا كان على الأخت أن تجد طريقة لإزالة أي شك.

**Und sie sagte, sie würde das Dienstmädchen losschicken, um Bier zu holen.**

وقالت إنها سترسل الخادمة لإحضار بعض البيرة.

**Doch dann sagte der Vater schließlich ein lautes, deutliches „Nein".**

لكن الأب قال في النهاية بصوت مدوٍّ: "لا."

**Das Thema, dass er ein Bier trank, wurde danach nicht mehr erwähnt.**

ثم لم يعد يتم التطرق إلى موضوع تناوله البيرة.

**Er hatte die finanzielle Situation bereits zuvor erläutert.**

لقد شرح الوضع المالي من قبل.

**Tatsächlich sprach er schon am ersten Tag über Finanzen.**

في الواقع، لقد ذكر الأمور المالية في اليوم الأول.

**Er machte ihnen die Aussichten deutlich.**

لقد أوضح لهم جيداً ما هي الاحتمالات.

**Sein eigenes Unternehmen war vor etwa fünf Jahren zusammengebrochen.**

انهار عمله الخاص قبل حوالي خمس سنوات.

**Hin und wieder stand er auf, um den Tisch zu verlassen.**

كان ينهض بين الحين والآخر ليغادر الطاولة.

**Und er ging zur Kasse seines alten Geschäfts.**

ثم ذهب إلى صندوق النقود في متجره القديم.

**Aus Sentimentalität hatte er die Kasse aufgehoben.**

لقد احتفظ بصندوق النقود بدافع العاطفة.

**Gregor hörte, wie er ein schweres und kompliziertes Schloss öffnete.**

سمع غريغور صوته وهو يفتح قفلاً ثقيلاً ومعقداً.

**Und er holte Quittungen und Bücher aus der Kasse.**

ثم أخرج الإيصالات والكتب من صندوق النقود.

**Nachdem er die Gegenstände an sich genommen hatte, schloss er die Geldkassette wieder ab.**

بعد أن أخذ الأشياء، أغلق صندوق النقود مرة أخرى.

**Gregor hatte seit seiner Gefangennahme keine guten Nachrichten mehr erhalten.**

لم يسمع غريغور أي أخبار سارة منذ سجنه.

**Er glaubte, das Geschäft habe seinen Vater in den Ruin getrieben.**

كان يعتقد أن العمل قد أفلس والده.

**Dieser Eindruck war Gregor vom Vater sicherlich vermittelt worden.**

لقد أعطى الأب غريغور هذا الانطباع بالتأكيد.

**Und Gregor fragte ihn nie wieder nach den Finanzen.**

ولم يسأله غريغور بعد ذلك عن الأمور المالية.

Gregor wollte alles tun, was er konnte, um der Familie zu helfen.

أراد غريغور أن يفعل كل ما في وسعه لمساعدة العائلة.

Er wollte ihnen helfen, das geschäftliche Unglück zu vergessen.

أراد مساعدتهم على نسيان المصيبة التي ألمّت بهم في العمل.

Der Bankrott, der zur völligen Hoffnungslosigkeit führte.

الإفلاس الذي أدى إلى اليأس التام.

So begann er mit einer ganz besonderen Leidenschaft zu arbeiten.

لذلك بدأ العمل بشغف خاص للغاية.

Er war quasi über Nacht zum Handelsreisenden geworden.

لقد أصبح بائعاً متجولاً بين عشية وضحاها تقريباً.

Davor hatte er lediglich als schlecht bezahlter Angestellter gearbeitet.

قبل ذلك، كان يعمل ككاتب بأجر زهيد.

Nun boten sich ihm völlig andere Verdienstmöglichkeiten.

الآن لديه فرص ربح مختلفة تماماً.

Erfolgreiche Verkäufe konnten sofort in Bargeld umgewandelt werden.

يمكن تحويل المبيعات الناجحة إلى نقد على الفور.

Das Geld wird natürlich aus seinen Provisionen ausgezahlt.

وبالطبع، يتم دفع الأموال من عمولاته.

Nun konnte Gregor Geld auf den Familientisch bringen.

أصبح غريغور الآن قادراً على توفير المال لعائلته.

Und sie waren erstaunt und erfreut über seinen Verdienst.

وقد اندهشوا وسعدوا بما حققه من أرباح.

Aber diese schönen Zeiten werden sich nicht wiederholen.

لكن تلك الأوقات الجميلة لن تتكرر مرة أخرى.

Sie hatten sich gerade erst an diese schönen Zeiten gewöhnt.

لقد اعتادوا للتو على هذه الأوقات الجميلة.

**Jeden Zahltag nahm die Familie das Geld dankbar entgegen.**

في كل يوم صرف رواتب، كانت العائلة تقبل المال بامتنان.

**Und Gregor war ebenso gern bereit, das Geld herauszugeben.**

وكان غريغور سعيداً بنفس القدر بتسليم المال.

**Doch die im Gegenzug entgegengebrachte herzliche Zuneigung erlosch allmählich.**

لكنّ المودة الدافئة التي قُدّمت في المقابل تلاشت تدريجياً.

**Nur seine Schwester stand Gregor noch so nahe wie zuvor.**

لم يبقَ من غريغور سوى أخته التي بقيت قريبة منه كما كانت من قبل.

**Im Gegensatz zu Gregor hatte sie eine tiefe Wertschätzung für Musik.**

على عكس غريغور، كانت لديها تقدير عميق للموسيقى.

**Und sie konnte sehr berührend Geige spielen.**

وكانت تعرف كيف تعزف على الكمان بطريقة مؤثرة للغاية.

**Gregor plante insgeheim, sie auf eine Musikschule zu schicken.**

كان غريغور يخطط سراً لإرسالها إلى مدرسة الموسيقى.

**Er hatte noch nicht entschieden, wie er die Kosten decken würde.**

لم يكن قد قرر بعد كيف سيدفع النفقات.

**Aber irgendwie würde er die Kosten decken.**

لكنه سيغطي التكاليف بطريقة أو بأخرى.

**Gelegentlich unternahmen Gregor und seine Familie Kurztrips.**

كان غريغور وعائلته يذهبون أحياناً في رحلات قصيرة.

**Gregor und seine Schwester sprachen oft über dieses Thema.**

كثيراً ما كان غريغور وأخته يثيران هذا الموضوع.

**Es wurde aber immer nur als eine wunderbare Idee erwähnt.**

لكن لم يتم ذكرها إلا كفكرة رائعة.

Sie glaubten nicht wirklich, dass der Traum in Erfüllung gehen könnte.

لم يكونوا يؤمنون حقاً بإمكانية تحقيق الحلم.

Und den Eltern gefielen solche fantasievollen Ambitionen nicht.

ولم يعجب الآباء بهذه الطموحات الخيالية.

Selbst wenn das Thema ganz harmlos angesprochen wurde.

حتى عندما يتم طرح الموضوع ببراءة تامة.

Gregor dachte aber weiterhin an die Musikschule.

لكن غريغور استمر في التفكير في مدرسة الموسيقى.

Und er hatte vor, das Geschenk am Heiligabend anzukündigen.

وكان يخطط للإعلان عن الهدية عشية عيد الميلاد.

In seinem jetzigen Zustand wäre das natürlich unmöglich.

بالطبع، في حالته الحالية سيكون ذلك مستحيلاً.

Doch solche Gedanken gingen ihm durch den Kopf.

لكن مثل هذه الأفكار كانت تدور في رأسه.

Und solche Gedanken kamen ihm, während er der Familie zuhörte.

وخطر بباله مثل هذه الأفكار وهو يستمع إلى العائلة.

Manchmal war er zu müde, um ihnen weiter zuzuhören.

في بعض الأحيان كان يشعر بالتعب الشديد لدرجة أنه لم يعد قادراً على الاستمرار في الاستماع إليهم.

Vor Erschöpfung sank sein Kopf gegen die Tür.

سقط رأسه على الباب من شدة التعب.

Doch er legte sofort wieder seinen Kopf gegen die Tür.

لكنه سرعان ما وضع رأسه على الباب مرة أخرى.

Denn selbst das leiseste Geräusch war draußen zu hören.

لأنه حتى أدنى صوت يمكن سماعه في الخارج.

Und jedes Geräusch, das er machte, brachte die Familie zum Schweigen.

وأي ضجيج يصدره كان يجعل العائلة تصمت.

„Was macht er denn jetzt?", fragte der Vater die Familie.

سأل الأب العائلة: "ماذا يفعل الآن؟"

Und er ging zur Tür, um nachzusehen, was das Geräusch verursachte.

وذهب إلى الباب ليتحقق من مصدر الضوضاء.

Und dann wurde das unterbrochene Gespräch allmählich wieder aufgenommen.

ثم استؤنفت المحادثة المتقطعة تدريجياً.

Was der Vater aber sagte, überraschte alle auf positive Weise.

لكن ما قاله الأب فاجأ الجميع إيجاباً.

Gregor erfuhr nun den wahren Stand der Finanzen.

علم غريغور الآن بالوضع المالي الحقيقي.

Trotz all des Unglücks gab es auch etwas Glück.

على الرغم من كل المصائب، كان هناك بعض الحظ الجيد.

Ein kleines Vermögen aus alten Zeiten war noch vorhanden.

لا تزال هناك ثروة صغيرة جداً من الأيام الخوالي.

Der Vater erklärte die Dinge, musste sich aber wiederholen.

شرح الأب الأمور، لكنه اضطر إلى تكرار كلامه.

Weil er sich eine Weile nicht mehr mit diesen Dingen befasst hatte.

لأنه لم يتعامل مع هذه الأمور لفترة من الوقت.

Und weil die Mutter solche Dinge nicht verstand.

ولأن الأم لم تكن تفهم مثل هذه الأمور.

Die Zinssätze der Bank waren etwas gestiegen.

ارتفعت أسعار الفائدة من البنك قليلاً.

Das unberührte Geld hatte sich stärker erhöht als erwartet.

زادت الأموال غير المستخدمة بأكثر مما كان متوقعاً.

Darüber hinaus hatte Gregor ihnen immer seine Ersparnisse gegeben.

بالإضافة إلى ذلك، كان غريغور دائماً يعطيهم مدخراته.

Er hatte nur wenige Gulden für sich behalten.

لم يحتفظ لنفسه إلا ببضعة غيلدرات فقط.

Und sein Geld war auch noch nicht vollständig aufgebraucht.

ولم تكن أمواله قد استُنفدت بالكامل أيضاً.

Zusammen hatte sich dieses Geld zu einem kleinen Kapital angesammelt.

تراكمت هذه الأموال مجتمعة لتشكل رأس مال صغير.

Gregor nickte hinter seiner Tür eifrig zu der Nachricht.

أومأ غريغور، من خلف بابه، برأسه بحماس عند سماعه الخبر.

Er war erfreut über diese unerwartete Vorsicht und Sparsamkeit.

لقد سرّ بهذا الحذر والاقتصاد غير المتوقعين.

Die überschüssigen Mittel hätten zur Tilgung der Schulden verwendet werden können.

كان من الممكن استخدام الأموال الفائضة لسداد الدين.

Dann hätten sie dem Chef nichts mehr geschuldet.

عندها لن يكونوا مدينين للمدير بأي شيء بعد الآن.

Und Gregor hätte schon viel früher eine neue Stelle annehmen können.

وكان بإمكان غريغور الانتقال إلى وظيفة جديدة في وقت أقرب بكثير.

Aber so, wie der Vater es arrangiert hatte, war es jetzt viel besser.

لكن الطريقة التي رتب بها الأب الأمر كانت أفضل بكثير الآن.

Das Geld reichte nicht ganz zum Leben von den Zinsen.

لم يكن المال كافياً للعيش من الفائدة.

Und ein Teil des Geldes musste für Notfälle zurückgelegt werden.

وكان لا بد من تخصيص بعض المال لحالات الطوارئ.

Das Geld hätte nur für ein oder zwei Jahre gereicht.

كان هذا المبلغ يكفي لمدة عام أو عامين فقط.

Das bedeutete, dass jemand Geld verdienen musste, damit sie leben konnten.

هذا يعني أن على شخص ما أن يكسب المال لكي يعيشوا.

Der Vater war nicht krank und er war stark genug.

لم يكن الأب مريضاً، وكان قوياً بما يكفي.

Doch er war seit mehr als fünf Jahren arbeitslos.

لكنه كان عاطلاً عن العمل لأكثر من خمس سنوات.

Und aufgrund seines Alters hatte er kaum noch Selbstvertrauen.

وبسبب تقدمه في السن، لم يتبق لديه سوى القليل من الثقة بالنفس.

Er hatte in letzter Zeit auch deutlich an Gewicht zugenommen.

كما أنه اكتسب الكثير من الوزن في الآونة الأخيرة.

Sein Leben war stets mühsam und erfolglos gewesen.

كانت حياته دائماً شاقة وغير ناجحة.

Und dies war der erste Urlaub, den er je verbracht hatte.

وكانت هذه أول عطلة يقضيها على الإطلاق.

Und da er nicht beschäftigt war, war er ziemlich ungeschickt geworden.

وبدون أن يكون مشغولاً، أصبح أخرقاً للغاية.

Wäre es besser, wenn die alte Mutter das Geld verdienen würde?

هل سيكون من الأفضل لو أن الأم العجوز هي من كسبت المال؟

Die alte Mutter, die an Asthma litt.

الأم العجوز التي كانت تعاني من الربو.

Die alte Mutter, die Mühe hatte, die Treppe hinaufzugehen.

الأم العجوز التي كافحت لصعود الدرج.

Die alte Mutter, die ihre Zeit damit verbrachte, auf dem Sofa zu liegen.

الأم العجوز التي كانت تقضي وقتها مستلقية على الأريكة.

Die alte Mutter, die es vorzog, am Fenster zu sitzen.

الأم العجوز التي كانت تفضل البقاء بجوار النافذة.

Damit sie bei Bedarf durchatmen konnte.

حتى تتمكن من التقاط أنفاسها عندما تحتاج إلى ذلك.

Wäre es besser, wenn die jüngere Schwester das Geld verdienen würde?

هل سيكون من الأفضل لو أن الأخت الصغرى هي من كسبت المال؟

Die Schwester, die mit siebzehn Jahren noch ein Kind war.

الأخت، التي كانت في السابعة عشرة من عمرها، لا تزال مجرد طفلة.

Die Schwester, die nur wenige, bescheidene Freuden hatte.

الأخت التي لم يكن لديها سوى القليل من المتع المتواضعة.

Die Schwester, die am liebsten Geige spielte.

الأخت التي كانت تستمتع بالعزف على الكمان بشكل أساسي.

Sie wusste, dass ihr bisheriger Lebensstil sehr beneidenswert war;

كانت تعلم أن أسلوب حياتها السابق كان مثار حسد كبير؛

Sich schick anziehen, ausschlafen, im Haushalt helfen.

ارتداء ملابس أنيقة، والاستيقاظ متأخراً، والمساعدة في أعمال المنزل.

Das Gespräch drehte sich oft um die Notwendigkeit, Geld zu verdienen.

غالباً ما كان الحديث يتحول إلى الحاجة لكسب المال.

Gregor war immer der Erste, der die Tür losließ.

كان غريغور دائماً أول من يترك الباب.

Das Gespräch erfüllte ihn mit Scham und Trauer.

أثارت المحادثة فيه مشاعر الخجل والحزن.

Also warf er sich auf das kühle Ledersofa.

فألقى بنفسه على الأريكة الجلدية الباردة.

Und den Rest der Nacht verbrachte er oft auf dem Sofa.

وغالباً ما كان يقضي بقية الليل على الأريكة.

Er hat nie wirklich auf dem Sofa geschlafen, auch nicht nachts.

لم يكن ينام على الأريكة أبداً، ولا حتى في الليل.

Oft kratzte er stundenlang an dem Leder.

في كثير من الأحيان كان يخدش الجلد لساعات متواصلة.

**Manchmal schob er den Sessel ans Fenster.**

وفي أحيان أخرى كان يدفع الكرسي بذراعين نحو النافذة.

**Allein dies erforderte von seiner Seite einen erheblichen Aufwand.**

هذا وحده تطلب منه بذل جهد كبير.

**Der Sessel half ihm, auf die Fensterbank zu klettern.**

ساعده الكرسي ذو الذراعين على الزحف إلى حافة النافذة.

**Und von dort aus konnte er sich ans Fenster lehnen.**

ومن هناك تمكن من الاستناد إلى النافذة.

**Er empfand dabei stets ein großes Gefühl der Freiheit.**

كان يشعر بإحساس كبير بالحرية وهو يفعل ذلك.

**Vielleicht suchte er nach einem alten, befreienden Gefühl.**

ربما كان يبحث عن شعور قديم بالتحرر.

**Doch seine Sehkraft war nicht mehr so scharf wie früher.**

لكن بصره لم يعد حاداً كما كان في السابق.

**Dinge in geringer Entfernung waren verschwommen und undeutlich.**

كانت الأشياء البعيدة قليلاً ضبابية وغير واضحة.

**Er konnte das Krankenhaus auf der anderen Straßenseite nicht mehr sehen.**

لم يعد بإمكانه رؤية المستشفى على الجانب الآخر من الطريق.

**Vorher hatte er den Anblick verflucht, jetzt wollte er ihn sehen.**

قبل أن يلعن المنظر، أصبح الآن يريد رؤيته.

**Er wusste, dass er in der ruhigen, städtischen Charlottenstraße wohnte.**

كان يعلم أنه يعيش في شارع شارلوتنستراس الهادئ والحضري.

**Aber vielleicht dachte er, er blicke in die Wüste.**

لكن ربما ظن أنه ينظر إلى صحراء.

**Eine Ödnis, wo grauer Himmel und graue Erde verschmolzen.**

أرض قاحلة حيث امتزجت السماء الرمادية بالأرض الرمادية.

Zweimal bemerkte die aufmerksame Schwester, dass der Stuhl verschoben worden war.

لاحظت الأخت المنتبهة مرتين أن الكرسي قد تحرك.

Nachdem sie aufgeräumt hatte, schob sie den Stuhl zurück ans Fenster.

بعد الانتهاء من الترتيب، دفعت الكرسي إلى النافذة.

Und von nun an ließ sie sogar den Fensterflügel offen.

ومنذ ذلك الحين، أصبحت تترك حتى إطار النافذة مفتوحاً.

Gregor wünschte sich sehr, er hätte mit seiner Schwester sprechen können.

تمنى غريغور حقاً لو كان بإمكانه التحدث إلى أخته.

Er wollte ihr für alles danken, was sie für ihn getan hatte.

أراد أن يشكرها على كل ما فعلته من أجله.

Dann hätte er ihre Dienste leichter toleriert.

عندها كان سيتقبل خدماتهم بسهولة أكبر.

Doch so wie die Dinge standen, litt er darunter, dass sie ihm half.

لكن كما كانت الأمور، فقد عانى من مساعدتها له.

Die Schwester versuchte natürlich, die Peinlichkeit zu überspielen.

حاولت الأخت، بطبيعة الحال، التستر على الموقف المحرج.

Und sie tat ihr Bestes, so zu tun, als ob sie sich nicht belastet fühlte.

وبذلت قصارى جهدها لتتظاهر بأنها لا تشعر بالعبء.

Natürlich musste sie das erst einmal üben.

بالطبع كان هذا شيئاً كان عليها أن تتدرب عليه أولاً.

Und je mehr Zeit verging, desto besser wurde sie darin.

وكلما مر الوقت، كلما أصبحت أفضل في ذلك.

Gregor erhielt jedoch auch mehr Zeit, um ihr Täuschungsmanöver zu durchschauen.

لكن غريغور مُنح أيضاً المزيد من الوقت ليرى تظاهرها.

Schon das Betreten seines Zimmers durch sie war für ihn eine Tortur.

حتى دخولها إلى غرفته كان بمثابة محنة بالنسبة له.

Kaum war sie eingetreten, rannte sie direkt zum Fenster.

بمجرد دخولها، ركضت مباشرة إلى النافذة.

Sie nahm sich nicht einmal die Zeit, die Tür zu schließen.

لم تكلف نفسها عناء إغلاق الباب.

Normalerweise ersparte sie allen den Anblick von Gregors Zimmer.

عادةً ما كانت تتجنب أن يرى أحد غرفة غريغور.

Und mit hastigen Händen riss sie das Fenster auf.

وفتحت النافذة بسرعة ويديها على عجل.

Dann atmete sie wieder, als ob sie erstickt wäre.

ثم تنفست مرة أخرى كما لو كانت تختنق.

Die einströmende Luft war kalt, und sie atmete tief durch.

كان الهواء الداخل بارداً، فتنفست بعمق.

Dennoch blieb sie noch eine Weile am Fenster stehen.

لكنها مع ذلك بقيت بجانب النافذة لبعض الوقت.

Mit dieser Routine ängstigte sie Gregor zweimal täglich.

كانت تُخيف غريغور مرتين في اليوم بهذا الروتين.

Während sie im Zimmer war, zitterte er unter dem Sofa.

بينما كانت هي في الغرفة، كان يرتجف تحت الأريكة.

Er wusste, dass sie ihm diese Tortur gern erspart hätte.

كان يعلم أنها كانت ترغب في تجنيبه هذه المحنة.

Aber sie konnte nicht in dem Zimmer sein, wenn das Fenster geschlossen war.

لكنها لم تستطع البقاء في الغرفة والنافذة مغلقة.

Einmal kam sie etwas früher.

في إحدى المرات، حضرت مبكراً قليلاً.

Vermutlich etwa einen Monat nach Gregors Verwandlung.

ربما بعد حوالي شهر من تحول غريغور.

Sie hatte sich ein wenig an sein neues Aussehen gewöhnt.

لقد اعتادت إلى حد ما على مظهره الجديد.

Sie hatte also keinen Grund mehr, besonders schockiert zu sein.

لذلك لم يعد لديها سبب للشعور بالصدمة بشكل خاص.

Sie fand ihn immer noch regungslos aus dem Fenster starrend vor.

وجدته لا يزال يحدق من النافذة، بلا حراك.

Er befand sich am schrecklichsten Ort, an dem er hätte sein können.

كان في أسوأ مكان يمكن أن يكون فيه.

Er wäre nicht überrascht gewesen, wenn sie nicht hereingekommen wäre.

لم يكن ليتفاجأ لو لم تدخل.

Er hinderte sie daran, das Fenster zu öffnen.

حيث كان يمنعها من فتح النافذة.

Sie verließ schnell wieder das Zimmer und schloss die Tür.

غادرت الغرفة بسرعة مرة أخرى، وأغلقت الباب.

Ein Fremder hätte zu allen möglichen Schlussfolgerungen gelangen können.

كان بإمكان شخص غريب أن يتوصل إلى جميع أنواع الاستنتاجات.

Vielleicht wartete er nur auf die Gelegenheit, sie zu beißen.

ربما كان ينتظر الفرصة المناسبة ليعضها.

Gregor versteckte sich natürlich sofort unter dem Sofa.

وبالطبع، اختبأ غريغور على الفور تحت الأريكة.

Doch er musste bis Mittag warten, bis seine Schwester zurückkehrte.

لكن كان عليه أن ينتظر حتى الظهر لعودة أخته.

Und sie wirkte viel unruhiger als sonst.

وبدت أكثر قلقاً واضطراباً من المعتاد.

Ihm wurde klar, dass der Anblick von ihm immer noch unerträglich war.

أدرك أن رؤيته لا تزال لا تطاق.

**Der Anblick von ihm würde für sie weiterhin unerträglich bleiben.**

كان منظره سيظل لا يُطاق بالنسبة لها.

**Sie konnte es wahrscheinlich nicht ertragen, auch nur einen Teil von ihm zu sehen.**

ربما لم تكن لتطيق رؤية أي جزء منه.

**Ein kleines Teil ragte immer unter dem Sofa hervor.**

كان جزء صغير يبرز دائماً من تحت الأريكة.

**Eines Tages trug er ein Bettlaken auf dem Rücken zum Sofa.**

في أحد الأيام حمل ملاءة سرير على ظهره إلى الأريكة.

**Er wollte verhindern, dass sie irgendetwas von ihm sah.**

أراد أن يجنّبها رؤية أي جزء منه.

**Er richtete das Bettlaken so aus, dass er vollständig verdeckt war.**

قام بترتيب ملاءة السرير بحيث اختفى جسده بالكامل.

**Selbst wenn sie sich bückte, könnte sie ihn nicht sehen.**

حتى لو انحنت فلن تتمكن من رؤيته.

**Für Gregor dauerte die gesamte Arbeit mehr als drei Stunden.**

استغرقت الجهود بأكملها من غريغور أكثر من ثلاث ساعات.

**Möglicherweise hielt sie das Bettlaken für überflüssig.**

ربما اعتقدت أن ملاءة السرير غير ضرورية.

**Sie hätte gewusst, dass er das Bettlaken nicht wollte.**

كانت ستعرف أنه لا يريد ملاءة السرير.

**Er tat es zu ihrem Wohlbefinden und nicht für sich selbst.**

كان يفعل ذلك من أجل راحتها، وليس من أجل نفسه.

**Und sie hätte das Bettlaken abnehmen können, wenn sie gewollt hätte.**

وكان بإمكانها إزالة ملاءة السرير لو أرادت.

**Aber sie ließ das Bettlaken dort, wo Gregor es hingelegt hatte.**

لكنها تركت ملاءة السرير حيث وضعها غريغور.

**Und Gregor glaubte sogar, einen dankbaren Blick erhascht zu haben.**

بل إن غريغور ظن أنه قد لمح نظرة امتنان.

**Er hatte das Bettlaken vorsichtig mit dem Kopf angehoben.**

رفع ملاءة السرير برفق برأسه.

**Er wollte herausfinden, ob seiner Schwester die Vereinbarung gefiel.**

أراد أن يرى ما إذا كانت أخته ستعجبها الترتيبات.


**Die ersten zwei Wochen waren für die Eltern am schwierigsten.**

كان الأسبوعان الأولان هما الأصعب بالنسبة للوالدين.

**Sie brachten es nicht übers Herz, hereinzukommen und ihn zu sehen.**

لم يستطيعوا أن يجبروا أنفسهم على الدخول ورؤيته.

**Er belauschte in dieser Zeit viele ihrer Gespräche.**

لقد سمع العديد من محادثاتهم في ذلك الوقت.

**Sie nahmen alles, was die Schwester tat, voll und ganz zur Kenntnis.**

أقروا تماماً بكل ما كانت تفعله الأخت.

**Auch wenn sie früher oft verärgert über sie waren.**

على الرغم من أنهم كانوا ينزعجون منها في كثير من الأحيان.

**Weil sie ein ziemlich nutzloses Mädchen gewesen zu sein schien.**

لأنها بدت فتاة عديمة الفائدة إلى حد ما.

**Nun warteten sie auf der anderen Seite des Raumes.**

والآن أصبحوا هم من ينتظرون على الجانب الآخر من الغرفة.

**Und sie war es, die den Raum betrat, um alles zu erledigen.**

وكانت هي من تدخل الغرفة لتفعل كل شيء.

**Sobald sie herauskam, wollten sie alles wissen.**

بمجرد خروجها أرادوا معرفة كل شيء.

Sie musste ihnen genau beschreiben, wie das Zimmer aussah.

كان عليها أن تخبرهم بالضبط كيف تبدو الغرفة.

„Was hat Gregor gegessen? Wie hat er sich diesmal verhalten?"

"ماذا أكل غريغور؟ وكيف كان سلوكه هذه المرة؟"

„War vielleicht eine leichte Verbesserung zu bemerken?"

"هل كان هناك تحسن طفيف يمكن ملاحظته؟"

Die Mutter war übrigens tatsächlich mutiger.

كانت الأم، بالمناسبة، أكثر شجاعة في الواقع.

Und natürlich war es ihr eigener Sohn im Zimmer.

وبالطبع كان ابنها هو الموجود داخل الغرفة.

Sie wollte Gregor eigentlich schon bald besuchen.

كانت ترغب بالفعل في زيارة غريغور في وقت قريب نسبياً.

Doch der Vater und die Schwester hielten sie zunächst zurück.

لكن الأب والأخت منعاها في البداية.

Sie brachten sehr rationale Argumente dafür vor, dass sie nicht gehen sollte.

لقد قدموا حججاً منطقية للغاية لعدم ذهابها.

Gregor hörte ihren Argumenten sehr aufmerksam zu.

استمع غريغور بانتباه شديد إلى منطقهم.

Und er akzeptierte die Argumentation genauso wie seine Mutter.

وقد تقبّل هو المنطق بقدر ما تقبّلت والدته.

Später musste sie jedoch mit Gewalt zurückgehalten werden.

لكن في وقت لاحق، اضطروا إلى منعها بالقوة.

"Lasst mich zu Gregor hinein, er ist mein unglücklicher Sohn!"

"دعني أدخل إلى غريغور، إنه ابني التعيس"!

"Verstehst du denn nicht, dass ich ihn aufsuchen muss?"

"ألا تفهم أنه يجب عليّ الذهاب لرؤيته؟"

Gregor ließ sich ebenfalls von den Argumenten seiner Mutter überzeugen.

اقتنع غريغور أيضاً بحجج والدته.

Vielleicht hatte sie recht; es wäre gut, wenn sie hereinkäme.

ربما كانت محقة؛ سيكون من الجيد لو دخلت.

Ihn jeden Tag zu besuchen, wäre viel zu viel.

إن رؤيته كل يوم ستكون أمراً مبالغاً فيه للغاية.

Aber ihn vielleicht einmal pro Woche zu sehen, könnte genügen.

لكن رؤيته مرة واحدة في الأسبوع قد تكون كافية.

Sie versteht die Dinge vielleicht viel besser als die Schwester.

ربما تفهم الأمور بشكل أفضل بكثير من أختها.

Trotz all ihres Mutes war sie doch nur ein Kind.

على الرغم من كل شجاعتها، إلا أنها كانت لا تزال مجرد طفلة.

Vielleicht war es kindliche Unbekümmertheit, die sie dazu veranlasste, diese Aufgabe anzunehmen.

ربما دفعتها تهورات طفولية إلى قبول المهمة.

Doch Gregors Wunsch, seine Mutter wiederzusehen, ging bald in Erfüllung.

لكن سرعان ما تحققت أمنية غريغور برؤية والدته.

Tagsüber hielt sich Gregor vom Fenster fern.

خلال النهار، كان غريغور يبتعد عن النافذة.

Dies tat er aus Rücksicht auf seine Eltern.

فعل ذلك مراعاةً لوالديه.

Er hatte nicht viel Platz, um auf dem Boden herumzukriechen.

لم يكن لديه مساحة كبيرة للزحف على الأرض.

Es fiel ihm schwer, nachts still zu liegen.

وجد صعوبة في البقاء ساكناً أثناء الليل.

**Das Essen bereitete ihm nicht einmal mehr die geringste Freude.**

لم يعد تناول الطعام يمنحه أدنى متعة.

**Natürlich musste er sich irgendwie ablenken.**

بالطبع كان عليه أن يجد طريقة ما لتشتيت انتباهه.

**Um sich die Zeit zu vertreiben, kletterte er die Wände rauf und runter.**

ولتسلية نفسه، كان يزحف صعوداً وهبوطاً على الجدران.

**Und er kroch auch kopfüber an der Decke entlang.**

كما زحف على طول السقف، رأساً على عقب.

**Besonders glücklich war er, als er von der Decke hing.**

كان يشعر بسعادة بالغة عندما كان معلقاً من السقف.

**Es war etwas völlig anderes, als auf dem Boden zu liegen.**

كان الأمر مختلفاً تماماً عن الاستلقاء على الأرض.

**In dieser Position fiel ihm das Atmen deutlich leichter.**

وجد أنه من الأسهل بكثير التنفس في هذا الوضع.

**Ein leichtes, aber angenehmes Kribbeln durchfuhr seinen Körper.**

شعر باهتزاز طفيف ولكنه لطيف يسري في جسده.

**Manchmal gab er sich seinem Glück sogar zu sehr hin.**

في بعض الأحيان كان يسترخي أكثر من اللازم في سعادته.

**Manchmal ließ er sich ablenken und ließ die Decke los.**

كان يتشتت انتباهه أحياناً، ويترك السقف.

**Und zu seiner eigenen Überraschung landete er wieder auf dem Boden.**

ولدهشته، هبط على الأرض مرة أخرى.

**Aber er hatte seinen Körper deutlich besser unter Kontrolle als zuvor.**

لكنه كان يتمتع بتحكم أفضل بكثير في جسده مما كان عليه من قبل.

**So verletzte er sich nun nicht mehr bei so heftigen Stürzen.**

لذا فهو لم يعد يُصاب بأذى من السقطات الكبيرة هذه الأيام.

**Die Schwester bemerkte sofort Gregors neue Freude.**

لاحظت الأخت على الفور متعة غريغور الجديدة.

**Und dort, wo er gekrochen war, waren Klebstoffreste zu sehen.**

وكانت هناك آثار لمادة لاصقة في الأماكن التي زحف إليها.

**Auch hier dachte die Schwester an Gregors Wohlbefinden.**

وهنا فكرت الأخت مرة أخرى في صحة غريغور.

**Vielleicht würde er mehr Platz zum Herumkriechen begrüßen.**

ربما سيقدر وجود مساحة أكبر للزحف والتحرك بحرية.

**Und der Gedanke hatte sich fest in ihrem Kopf verankert.**

وترسخت الفكرة بقوة في ذهنها.

**Einige der großen Möbelstücke behinderten seine Bewegungsfreiheit.**

بعض قطع الأثاث الكبيرة كانت تعيق حركته الحرة.

**Da er nicht mehr arbeitete, brauchte er den Schreibtisch nicht mehr.**

لم يعد يعمل، لذلك لم يعد بحاجة إلى المكتب.

**Und die Schachtel nahm auch mehr Platz ein als nötig. *****

كما أن الصندوق شغل مساحة أكبر من اللازم***.

**Die Schwester war nicht in der Lage, diese Dinge allein zu bewegen.**

لم تستطع الأخت نقل هذه الأشياء بمفردها.

**Natürlich wagte sie es nicht, den Vater um Hilfe zu bitten.**

وبالطبع لم تجرؤ على طلب المساعدة من والدها.

**Das Dienstmädchen hätte ihr sicherlich auch nicht geholfen.**

بالتأكيد لم تكن الخادمة لتساعدها أيضاً.

**Das neue Dienstmädchen war tatsächlich ein Jahr jünger als sie.**

كانت الخادمة الجديدة في الواقع أصغر منها بسنة.

**Sie hatte mutig die Rolle der ehemaligen Magd übernommen.**

لقد تقمصت بشجاعة أدوار الخادمة السابقة.

Doch ein Privileg wollte sie unbedingt haben.

لكن كان هناك امتياز واحد أصرت على الحصول عليه.

Sie wollte die Küche stets verschlossen halten.

أرادت أن تُبقي المطبخ مغلقاً طوال الوقت.

Daher blieb der Schwester nichts anderes übrig, als ihre Mutter zu fragen.

لذا لم يكن أمام الأخت خيار سوى أن تسأل والدتها.

Unter Freudenschreien kam die Mutter herbei, um zu helfen.

وبصيحات الفرحة العارمة، جاءت الأم للمساعدة.

Doch an der Tür zu Gregors Zimmer verstummte sie.

لكنها صمتت عند باب غرفة غريغور.

Die Schwester überprüfte, ob im Zimmer alles in Ordnung war.

تحققت الأخت من أن كل شيء في الغرفة على ما يرام.

Gregor hatte das Bettlaken hastig noch straffer gezogen.

قام غريغور على عجل بشد ملاءة السرير بإحكام أكبر.

Obwohl das Bettlaken immer noch willkürlich angeordnet aussah.

على الرغم من أن ملاءة السرير لا تزال تبدو مرتبة بشكل عشوائي.

Erst dann ließ sie ihre Mutter ins Zimmer.

وعندها فقط سمحت لأمها بدخول الغرفة.

Gregor verzichtete auch darauf, unter dem Laken hervorzuspähen.

كما امتنع غريغور عن التجسس من تحت الغطاء.

Er beschloss, diesmal auf einen Besuch bei seiner Mutter zu verzichten.

قرر التخلي عن رؤية والدته هذه المرة.

Gregor war schon froh genug, dass sie überhaupt gekommen war.

كان غريغور سعيداً بما يكفي لأنها دخلت على الإطلاق.

„Komm herein, du kannst ihn nicht sehen", sagte die
Schwester.

قالت الأخت: "ادخلي، لا يمكنكِ رؤيته."

Gregor nahm an, dass sie ihre Mutter an der Hand führte.

افترض غريغور أنها كانت تقود والدتها من يدها.

Dann hörte er, wie die beiden schwachen Frauen die Möbel
verrückten.

ثم سمع المرأتين الضعيفتين وهما تنقلان الأثاث.

Die Schwester schien den größten Teil der Arbeit für sich zu
beanspruchen.

بدت الأخت وكأنها تستحوذ على معظم العمل لنفسها.

Ihre Mutter befürchtete, sie würde sich überanstrengen.

كانت والدتها تخشى أن تجهد نفسها أكثر من اللازم.

Doch die Schwester schenkte diesen Warnungen keine
Beachtung.

لكن الأخت لم تُعر أي اهتمام لهذه التحذيرات.

Doch auch nach fünfzehn Minuten ging es nur sehr langsam
voran.

لكن حتى بعد مرور خمس عشرة دقيقة، كان التقدم بطيئاً للغاية.

Es war ihnen nicht gelungen, die Möbel weit zu bewegen.

لم يتمكنوا من نقل الأثاث لمسافة بعيدة.

Langsam beschlich sie ein Gefühl der Niederlage.

بدأوا يشعرون تدريجياً بشعور الهزيمة.

Die Mutter war die Erste, die die Sinnlosigkeit eingestand.

كانت الأم أول من اعترف بعبثية الأمر.

"Vielleicht wäre es besser, die Schachtel hier zu lassen."

"ربما من الأفضل ترك الصندوق هنا".

„Die Kiste ist zu schwer, als dass wir sie noch viel weiter
bewegen könnten."

"الصندوق ثقيل جدًا بحيث لا يمكننا تحريكه لمسافة أبعد من ذلك".

„Und wir werden nicht fertig sein, bevor dein Vater
eintrifft."

"ولن ننتهي قبل وصول والدك".

„Wenn wir die Kiste hier lassen würden, würde das seinen
Weg nur noch mehr versperren.“

"إن ترك الصندوق هنا سيعيق طريقه أكثر".

Und können wir sicher sein, dass wir ihm damit einen
Gefallen tun?

"وهل يمكننا أن نكون متأكدين من أننا نقدم له معروفاً؟"

Sie begannen zu glauben, dass das Gegenteil durchaus der
Fall sein könnte.

بدأوا يعتقدون أن العكس قد يكون صحيحاً.

Der Anblick der leeren Wand lastete schwer auf ihrem
Herzen.

كان منظر الجدار الفارغ ثقيلاً على قلبها.

Was spricht dagegen, dass Gregor das auch so empfinden
würde?

ما الذي يمنع غريغور من الشعور بنفس الطريقة؟

„Er hat sich bereits an die Möbel in seinem Zimmer
gewöhnt.“

"لقد اعتاد بالفعل على الأثاث الموجود في غرفته".

„In einem leeren Zimmer könnte er sich noch verlassener
fühlen.“

"قد يشعر بمزيد من الوحدة في غرفة فارغة".

Ihre Stimme war inzwischen fast zu einem Flüstern
gesunken.

وبحلول ذلك الوقت، انخفض صوتها إلى حد الهمس تقريباً.

Sie wusste tatsächlich nicht, wo sich Gregor genau aufhielt.

لم تكن تعرف في الواقع مكان وجود غريغور بالتحديد.

Sie wollte nicht einmal, dass er ihre Stimme hörte.

لم تكن تريده حتى أن يسمع صوتها.

Obwohl sie sich sicher war, dass er sie nicht verstand.

رغم أنها كانت متأكدة من أنه لم يفهمها.

„Würde es nicht so aussehen, als hätten wir ihn völlig aufgegeben?"

"ألا يبدو الأمر وكأننا قد تخلينا عنه تماماً؟"

"Wird er nicht das Gefühl haben, dass wir ihn mit der Situation allein lassen?"

"ألن يشعر وكأننا نتركه يواجه الأمر بمفرده؟"

„Wir sollten den Raum genau so verlassen, wie er war."

"ينبغي أن نترك الغرفة كما كانت تماماً".

„Irgendwann wird Gregor zu uns zurückkehren, so wie er war."

"في النهاية سيعود غريغور إلينا كما كان".

„Dann wird er feststellen, dass alles noch an seinem Platz ist."

"ثم سيجد أن كل شيء لا يزال في مكانه".

„Und er wird die Übergangszeit viel leichter vergessen."

"وسينسى الفترة الانتقالية بسهولة أكبر".

Als Gregor diese Worte hörte, begriff er etwas.

عندما سمع غريغور هذه الكلمات أدرك شيئاً ما.

Sein Verstand war in den letzten zwei Monaten verwirrt worden.

لقد أصبح عقله مشوشاً خلال الشهرين الماضيين.

Der Mangel an menschlicher Interaktion hatte ihm nicht gutgetan.

لم يكن افتقاره للتفاعل البشري أمراً جيداً بالنسبة له.

Er brauchte das eintönige Leben im Kreise seiner Familie wirklich.

كان بحاجة ماسة إلى حياة رتيبة وسط عائلته.

Warum sonst hätte er eine solch unsinnige Forderung gestellt?

وإلا فلماذا كان سيقدم مثل هذا الطلب غير المنطقي؟

Welchen Sinn sollte es denn haben, sein Zimmer zu räumen?

ما الفائدة المرجوة من إخلاء غرفته؟

**Das gemütliche Zimmer war mit geerbten Möbeln eingerichtet.**

غرفة مريحة مفروشة بأثاث موروث.

**Warum sollte er diese bekannte Wärme in eine Höhle verwandeln wollen?**

لماذا قد يرغب في تحويل هذا الدفء المعروف إلى كهف؟

**Eine Höhle, in der er ungestört in alle Richtungen kriechen konnte.**

كهفٌ يستطيع فيه الزحف في جميع الاتجاهات بسلام.

**Doch in einer Höhle vergaß er rasch seine menschliche Vergangenheit.**

لكن كهفًا نسي فيه ماضيه البشري بسرعة.

**Er fragte sich, ob er schon kurz davor war, alles zu vergessen.**

كان عليه أن يتساءل عما إذا كان قد اقترب بالفعل من النسيان.

**Die Stimme seiner Mutter hatte ihn aufgerüttelt und seine Erinnerung wachgerufen.**

أيقظه صوت والدته من غفلته وجعله يتذكر.

**Die Stimme, die er so lange nicht gehört hatte.**

الصوت الذي لم يسمعه منذ زمن طويل.

**Nichts durfte entfernt werden; alles musste bleiben.**

لا ينبغي إزالة أي شيء؛ يجب أن يبقى كل شيء.

**Die Möbel wirkten sich positiv auf seinen Zustand aus.**

كان للأثاث تأثير إيجابي على حالته.

**Und ohne diesen Anker zur Vergangenheit konnte er nicht zurechtkommen.**

ولم يكن يستطيع التأقلم بدون هذا الرابط بالماضي.

**Die Möbel hinderten ihn daran, sinnlos herumzukriechen.**

منعته قطع الأثاث من الزحف بلا وعي.

**Das war aber kein Verlust, sondern vielmehr ein großer Vorteil.**

لكن ذلك لم يكن خسارة؛ بل كان ميزة عظيمة.

**Leider hatte die Schwester eine ganz andere Meinung.**

لسوء الحظ، كان للأخت رأي مختلف تماماً.

**Sie war gewissermaßen zu einer Sprecherin Gregors geworden.**

لقد أصبحت إلى حد ما متحدثة باسم غريغور.

**Natürlich war ihre Meinung nicht völlig unberechtigt.**

بالطبع لم يكن رأيها بلا مبرر تماماً.

**Doch der Meinung ihrer Mutter musste hier widersprochen werden.**

لكن كان لا بد من معارضة رأي والدتها هنا.

**Es war nicht nur die Kiste, die nun entfernt werden musste.**

لم يكن الصندوق وحده هو الذي كان يجب إزالته الآن.

**Sein Schreibtisch und der Kleiderschrank konnten ebenfalls nicht bleiben.**

لم يكن من الممكن أن يبقى مكتبه وخزانة ملابسه أيضاً.

**Das Einzige, was unverzichtbar war, war das Sofa.**

الشيء الوحيد الذي لا غنى عنه هو الأريكة.

**Sie hat diese Entscheidung nicht aus kindischem Trotz getroffen.**

لم تتخذ هذا القرار بدافع التحدي الطفولي فحسب.

**Es lag auch nicht an ihrem erst kürzlich gewonnenen Selbstvertrauen.**

لم يكن الأمر متعلقاً بثقتها بنفسها التي اكتسبتها مؤخراً.

**Das neue Selbstvertrauen, das sie hatte, trieb sie an, so hart für den Sieg zu arbeiten.**

الثقة الجديدة التي اكتسبتها بعد كل هذا الجهد الذي بذلته للفوز.

**Auch wenn niemand erwartet hatte, dass sie dazu in der Lage sein würde.**

على الرغم من أن أحداً لم يتوقع أن تكون قادرة على فعل ذلك.

**Gregor brauchte tatsächlich viel Platz zum Kriechen.**

كان غريغور يحتاج بالفعل إلى مساحة كبيرة للزحف.

Die Möbel schränkten den ihm zur Verfügung stehenden Raum zusätzlich ein.

لم تكن قطع الأثاث سوى هي التي حدّت من المساحة المتاحة له.

Sie konnte diese Dinge besser sehen als die Mutter.

كانت قادرة على رؤية هذه الأشياء بشكل أفضل من الأم.

Aber vielleicht spielte auch ihre romantische Ader eine Rolle.

لكن ربما لعبت روحها الرومانسية دوراً أيضاً.

Mädchen in diesem Alter entwickeln oft eine gewisse Begeisterung.

غالباً ما تكتسب الفتيات في ذلك العمر حماساً معيناً.

Und sie verspüren das Bedürfnis, ihren Willen durchzusetzen, wann immer es ihnen möglich ist.

ويشعرون بالحاجة إلى تحقيق ما يريدون كلما أمكنهم ذلك.

Vielleicht wollte sie ihn deshalb heimlich sabotieren.

ربما لهذا السبب أرادت تخريبه سراً.

Noch furchterregender ist er, wenn er an den Wänden entlangkriecht.

يصبح أكثر رعباً عندما يزحف على الجدران.

Die Eltern trauten sich nicht mehr, das Zimmer zu betreten.

لم يعد الوالدان يجرؤان على دخول الغرفة بعد الآن.

Sie wäre tatsächlich die alleinige Betreuerin ihres Bruders.

ستكون هي بالفعل الراعية الوحيدة لأخيها.

Sie ließ sich von ihrer Mutter nicht umstimmen.

لم تدع والدتها تقنعها بخلاف ذلك.

Gregors Mutter fühlte sich in dem Zimmer bereits unwohl.

كانت والدة غريغور تشعر بالفعل بعدم الارتياح في الغرفة.

Sie hörte bald auf zu sprechen und half ihrer Tochter erneut.

سرعان ما توقفت عن الكلام وعادت لمساعدة ابنتها.

Mit ihren letzten Kräften entfernten sie den Kleiderschrank.

وبقوتهم المتبقية قاموا بإزالة خزانة الملابس.

Auf die Kommode konnte er verzichten.

كان بإمكانه الاستغناء عن خزانة الأدراج.

**Der Schreibtisch musste aber vorerst dort bleiben.**

لكن كان لا بد من إبقاء المكتب في مكانه في الوقت الحالي.

**Während die Frauen weg waren, versuchte er, sich einen Überblick über den Raum zu verschaffen.**

بينما كانت النساء غائبات، حاول تقييم الغرفة.

**Und Gregor streckte seinen Kopf unter dem Sofa hervor.**

وأخرج غريغور رأسه من تحت الأريكة.

**Er musste sehen, was er in dieser Situation tun konnte.**

كان عليه أن يرى ما يمكنه فعله حيال هذا الوضع.

**Aber er war so vorsichtig und rücksichtsvoll wie möglich.**

لكنه كان حريصاً ومراعياً قدر الإمكان.

**Leider war es die Mutter, die zuerst zurückkehrte.**

لسوء الحظ، كانت الأم هي التي عادت أولاً.

**Grete war noch dabei, den Kleiderschrank im Nebenzimmer umzustellen.**

كانت غريت لا تزال تنقل خزانة الملابس في الغرفة المجاورة.

**Die Mutter war den Anblick Gregors jedoch nicht gewohnt.**

لكن الأم لم تكن معتادة على رؤية غريغور.

**Schon ein flüchtiger Blick auf ihn hätte sie krank machen können.**

حتى مجرد لمحة منه كانت كفيلة بأن تصيبها بالمرض.

**Gregor eilte rückwärts zum anderen Ende des Sofas.**

أسرع غريغور إلى الخلف نحو الطرف البعيد من الأريكة.

**Aber er konnte sich nicht zurücklehnen und das Bettlaken ausbalancieren.**

لكنه لم يستطع التحرك للخلف وموازنة ملاءة السرير.

**Die Bewegung reichte aus, um die Aufmerksamkeit der Mutter zu erregen.**

كانت الحركة كافية لجذب انتباه الأم.

**Sie hielt inne und verharrte einen kurzen Moment ganz still.**

توقفت، وظلت واقفة بلا حراك للحظة وجيزة.

**Dann drehte sie sich um und verließ das Zimmer wieder.**

ثم استدارت وعادت إلى خارج الغرفة.

**Gregor redete sich immer wieder ein, dass nichts Ungewöhnliches passiert sei.**

ظل غريغور يقنع نفسه بأنه لم يحدث شيء غير عادي.

**„Es handelt sich lediglich um ein paar Möbelstücke, die weggebracht wurden."**

"إنها مجرد بعض قطع الأثاث التي تم نقلها".

**Doch schon bald musste er zugeben, dass ihn die Ereignisse mitgenommen hatten.**

لكنه سرعان ما اضطر إلى الاعتراف بأن الأحداث أثرت فيه.

**Die Frauen hatten alles, was sie taten, auch gesagt.**

كانت النساء يقلن كل ما يفعلنه.

**Sie waren im Zimmer auf und ab gegangen.**

كانوا يسيرون جيئة وذهاباً في الغرفة.

**Das Kratzen aller Möbelstücke auf dem Boden.**

صوت خدش جميع قطع الأثاث على الأرض.

**Er hatte das Gefühl, von allen Seiten angegriffen zu werden.**

شعر وكأنه يتعرض لهجوم من جميع الجهات.

**Er zog Kopf und Beine so fest wie möglich an.**

ضم رأسه وساقيه إلى صدره بأقصى ما يستطيع.

**Mit aller Kraft presste er seinen Körper zu Boden.**

بكل قوته ضغط بجسده على الأرض.

**Er wusste, dass er das alles nicht mehr lange aushalten konnte.**

كان يعلم أنه لا يستطيع تحمل كل هذا لفترة أطول.

**Sie räumten sein Zimmer aus und nahmen alles mit, was ihm lieb und teuer war.**

قاموا بإخلاء غرفته وأخذوا كل ما كان يحبه.

**Sie hatten bereits die Kiste mit all seinen Werkzeugen mitgenommen.**

لقد أخذوا بالفعل الصندوق الذي يحتوي على جميع أدواته.

Nun lockerten sie seinen schweren Schreibtisch vom Boden.

ثم قاموا بفك مكتبه الثقيل من الأرض.

Der Schreibtisch, an dem er nach seiner Rückkehr von der Arbeit gearbeitet hatte.

المكتب الذي عمل عليه بعد عودته من العمل.

Der Schreibtisch, an dem er seine Geschäftsaufgaben erledigt hatte.

المكتب الذي كان يكتب عليه مهامه التجارية.

Der Schreibtisch, an dem er in der Sekundarschule seine Hausaufgaben gemacht hatte.

المكتب الذي كان ينجز عليه واجباته المدرسية في المدرسة الثانوية.

Ja, diesen Schreibtisch hatte er schon in der Grundschule.

نعم، كان لديه هذا المكتب بالفعل في المدرسة الابتدائية.

Er hatte wirklich keine Zeit, sich von ihren guten Absichten zu überzeugen.

لم يكن لديه وقت كافٍ للتأكد من حسن نواياهم.

Obwohl er beinahe vergessen hatte, dass sie überhaupt da waren.

على الرغم من أنه كاد ينسى وجودهم هناك على أي حال.

Weil sie vor Erschöpfung still arbeiteten.

لأنهم كانوا يعملون بصمت، بسبب الإرهاق.

Sie waren zu müde, um ihre Bewegungen jetzt noch bekannt zu geben.

كانوا متعبين للغاية بحيث لا يستطيعون الإعلان عن تحركاتهم الآن.

Alles, was er hörte, waren ihre schweren Schritte auf dem Boden.

كل ما سمعه كان وقع أقدامهم الثقيلة على الأرض.

Genau in diesem Moment lehnten sie an der Kiste.

في تلك اللحظة بالذات كانوا يتكئون على الصندوق.

Und da kam Gregor unter dem Sofa hervor.

وعندها خرج غريغور من تحت الأريكة.

Er änderte viermal seine Laufrichtung.

غيّر اتجاه جريه أربع مرات.

Er konnte sich nicht entscheiden, welcher Gegenstand zuerst gerettet werden musste.

لم يستطع أن يقرر أي عنصر يجب حفظه أولاً.

Plötzlich richtete sich sein Blick auf die leere Wand.

وفجأة لفت انتباهه الجدار الفارغ.

Alles, was sie ihm hinterlassen hatten, war das Bild der Dame im Pelzmantel.

كل ما تركوه له هو صورة السيدة التي ترتدي الفراء.

Er kroch zu dem Bild und drückte seinen Körper an sie.

زحف نحو الصورة ليضغط بجسده عليها.

Und sein Körper verdeckte vollständig das Bild.

وغطى جسده مشهد الصورة بالكامل.

Das Glas stützte ihn und kühlte seinen heißen Bauch.

ساعده الزجاج على الوقوف، وخفف من حرارة بطنه.

Dieses Foto konnte ihm nicht mehr abgenommen werden.

لم يعد بالإمكان أخذ هذه الصورة منه.

Dann wandte er den Kopf zur Wohnzimmertür.

ثم أدار رأسه نحو باب غرفة المعيشة.

Er wollte zusehen, wie die Frauen ins Zimmer zurückkehrten.

كان سيشاهد النساء وهن يعدن إلى الغرفة.

Und sie ruhten sich nicht lange aus, bevor sie wieder zurückkehrten.

ولم يستريحوا طويلاً قبل أن يعودوا مرة أخرى.

Grete hatte den Arm um ihre Mutter gelegt, um ihr beim Gehen zu helfen.

كانت غريت تضع ذراعها حول والدتها لمساعدتها على المشي.

„Was sollen wir denn jetzt nehmen?", fragte Grete und blickte sich um.

قالت غريت وهي تنظر حولها: "ماذا سنأخذ الآن؟"

Genau in diesem Moment trafen sich ihre Blicke mit Gregors.

في تلك اللحظة بالذات التقت نظرتها بعيني غريغور.

Trotz des Schocks behielt sie die Fassung.

رغم الصدمة، حافظت على رباطة جأشها.

Vermutlich nur wegen der Anwesenheit ihrer Mutter.

ربما فقط بسبب وجود والدتها.

Sie neigte ihr Gesicht zu ihrer Mutter und verdeckte ihr die Sicht.

انحنت بوجهها نحو والدتها، فحجبت رؤيتها.

Und dann sagte sie, zitternd und gedankenlos:

ثم قالت، رغم ارتعاشها وعدم تفكيرها:

"Kommt schon, sollten wir nicht zurück ins Wohnzimmer gehen?"

"هيا بنا، ألا يجب أن نعود إلى غرفة المعيشة؟"

Gregor konnte die Absichten der Schwester leicht verstehen.

كان بإمكان غريغور أن يفهم نوايا الأخت بسهولة.

Ihre oberste Priorität war es, ihre Mutter in Sicherheit zu bringen.

كانت أولويتها الأولى هي إيصال والدتها إلى بر الأمان.

Aber dann wollte sie ihn von der Mauer herunterjagen.

لكنها كانت ستطارده من فوق الجدار.

„Nun, sie kann es ja versuchen!", dachte Gregor bei sich.

"حسنًا، يمكنها بالتأكيد أن تحاول!" فكر غريغور في نفسه.

Er behielt sein Bild fest im Blick und gab es nicht her.

جلس بثبات على صورته ولم يتخل عنها.

Am liebsten wäre er der Schwester ins Gesicht gesprungen.

كان يفضل أن يقفز في وجه أخته.

Doch Gretes Worte hatten ihre Mutter noch mehr beunruhigt.

لكن كلمات غريت أثارت قلق والدتها أكثر.

Sie trat beiseite, um zu sehen, was vor ihr verborgen wurde.

تنحّت جانباً لترى ما كان يُخفى عنها.

**Und sie sah den braunen Fleck auf der geblümten Tapete.**

ورأت البقعة البنية على ورق الحائط المزهر.

**Und sie schrie auf, noch bevor sie merkte, dass es Gregor war.**

وصرخت قبل أن تدرك حتى أنه غريغور.

**"Oh Gott", schrie sie mit ausgestreckten Armen.**

"يا إلهي!" صرخت وهي تمد ذراعيها.

**Und sie sank auf die Couch, als hätte sie aufgegeben.**

وسقطت على الأريكة كما لو أنها استسلمت.

**„Gregor!", rief die Schwester ihm mit erhobener Faust zu.**

"غريغورا!" صرخت الأخت في وجهه وهي ترفع قبضتها.

**Und sie warf ihm einen langen, harten und durchdringenden Blick zu.**

وألقت عليه نظرة طويلة وحادة ونافذة.

**Dies war das erste Mal, dass sie direkt mit ihm gesprochen hatte.**

كانت هذه هي المرة الأولى التي تتحدث فيها إليه مباشرة.

**Sie rannte ins Nebenzimmer, um Riechsalz zu holen.**

ركضت إلى الغرفة المجاورة لتجلب بعض الأملاح العطرية.

**Sie musste ihre Mutter wieder zum Bewusstsein bringen.**

كان عليها أن تعيد والدتها إلى وعيها.

**Gregor wollte helfen, er konnte das Bild später aufbewahren.**

أراد غريغور المساعدة، ويمكنه حفظ الصورة لاحقاً.

**Doch er war fest an der Glasscheibe festgeklebt.**

لكنه علق بقوة على الزجاج.

**Deshalb musste er sich mit großer Kraft losreißen.**

لذلك اضطر إلى انتزاع نفسه بقوة كبيرة.

**Auch er rannte in den nächsten Raum, wo sich die Schwester befand.**

ركض هو الآخر إلى الغرفة المجاورة حيث كانت الأخت.

**Früher hätte er ihr vielleicht einen Rat geben können.**

في الماضي كان بإمكانه أن يقدم لها بعض النصائح.

**Doch nun konnte er nichts anderes tun, als tatenlos zuzusehen.**

لكن الآن لم يكن بوسعه أن يفعل شيئاً سوى الوقوف مكتوف الأيدي والمشاهدة.

**Sie durchwühlte die Schublade und öffnete verschiedene Flaschen.**

فتشت في الدرج، وفتحت زجاجات مختلفة.

**Und er erschreckte sie immer noch, als sie sich umdrehte.**

وما زال يُخيفها عندما تستدير.

**Eine Flasche fiel zu Boden, zerbrach und splitterte.**

سقطت زجاجة على الأرض، وانكسرت، وتناثرت شظاياها.

**Ein Glassplitter traf Gregor im Gesicht und verletzte ihn.**

أصابت شظية زجاجية وجه غريغور، وأصابته بجروح.

**Die Flasche hatte eine Art ätzende Flüssigkeit enthalten.**

كانت الزجاجة تحتوي على نوع من السوائل الكاوية.

**Und nun brannte die ätzende Flüssigkeit auf Gregors Gesicht.**

والآن، كان السائل المسبب للتآكل يحرق وجه غريغور.

**Die Schwester hatte jedoch im Moment keine Zeit für Gregor.**

لكن الأخت لم يكن لديها وقت لغريغور في الوقت الحالي.

**Sie sammelte so viele Flaschen ein, wie sie tragen konnte.**

جمعت أكبر عدد ممكن من الزجاجات.

**Und sie rannte mit der Medizin zurück zu ihrer Mutter.**

ثم ركضت عائدة إلى والدتها ومعها الدواء.

**Sie schlug die Tür mit dem Fuß zu und schloss Gregor aus.**

أغلقت الباب بقدمها بقوة، وأغلقت الباب على غريغور.

Nun war er von seiner möglicherweise sterbenden Mutter abgeschnitten.

لقد انقطع الآن عن والدته التي ربما تكون تحتضر.

Wenn er die Tür öffnete, würde er die Schwester verjagen.

إذا فتح الباب، فسوف يطرد الأخت.

Aber natürlich musste sie bleiben, um sich um die Mutter zu kümmern.

لكن بالطبع كان عليها البقاء لرعاية الأم.

Es gab für ihn nichts anderes zu tun, als auf sie zu warten.

لم يكن بوسعه فعل شيء الآن سوى انتظارهم.

Von Selbstvorwürfen und Angst geplagt, begann er zu kriechen.

بدأ يزحف وقد عانى من لوم الذات والقلق.

Er kroch überall hin; an Wänden, Möbeln, der Decke.

زحف في كل مكان؛ الجدران، الأثاث، السقف.

Er hatte das Gefühl, als würde sich der ganze Raum um ihn drehen.

شعر وكأن الغرفة بأكملها تدور من حوله.

Schließlich fiel er, verzweifelt und schwindlig, wieder zu Boden.

وأخيراً، وفي حالة من اليأس والدوار، سقط أرضاً مرة أخرى.

Und er fiel direkt auf den großen Esstisch.

وسقط مباشرة فوق طاولة غرفة الطعام الكبيرة.

Er lag eine Weile da, betäubt und unfähig sich zu bewegen.

أمضى بعض الوقت مستلقياً هناك، مخدراً وغير قادر على الحركة.

Er war erschöpft von all dem, was ihm dieser Tag gebracht hatte.

كان منهكاً من كل ما جلبه عليه هذا اليوم.

Es herrschte ringsum Stille, aber vielleicht war das ein gutes Zeichen.

كان الهدوء يسود المكان، ولكن ربما كانت تلك علامة جيدة.

Dann zerriss das Klingeln an der Haustür die Stille.

ثم، قاطع رنين جرس الباب الخارجي الصمت.

Das Dienstmädchen hatte sich natürlich in ihrer Küche eingeschlossen.

أما الخادمة، فقد أغلقت على نفسها باب المطبخ بالطبع.

Die Schwester war also die Einzige, die die Tür öffnen konnte.

لذا كانت الأخت هي الوحيدة التي تستطيع فتح الباب.

„Was ist passiert?“, fragte der Vater als Erstes.

"ماذا حدث؟" كان أول سؤال طرحه الأب.

Gretes Erscheinung hatte ihm wahrscheinlich alles verraten.

ربما كان مظهر غريت قد أخبره بكل شيء.

Gretes Stimme wurde beim Sprechen gedämpft und dumpf.

أصبح صوت غريت مكتوماً وباهتاً أثناء حديثها.

Sie muss ihr Gesicht an die Brust ihres Vaters gedrückt haben.

لا بد أنها ضغطت وجهها على صدر والدها.

„Mutter war bewusstlos, aber es geht ihr jetzt besser.“

"كانت والدتي فاقدة للوعي، لكنها تشعر بتحسن الآن".

„Gregor ist entkommen“, fügte sie hinzu, was er auch erwartet hatte.

وأضافت قائلة: "لقد هرب غريغور"، وهو ما كان يتوقعه.

"Ich habe dir doch immer gesagt, dass er eines Tages ausbrechen würde."

"لطالما أخبرتك أنه سيهرب يوماً ما".

„Aber ihr Frauen wolltet mir ja nicht zuhören, nicht wahr?“

"لكنكنّ يا نساء لم ترغبن في الاستماع إليّ، أليس كذلك؟"

Gregor erkannte schnell, wie sein Vater die Dinge sehen würde.

سرعان ما أدرك غريغور كيف سينظر والده إلى الأمور.

Er hatte Gretes allzu kurze Nachricht falsch interpretiert.

لقد أساء فهم رسالة غريت المختصرة للغاية.

Er nahm an, Gregor habe eine Gewalttat begangen.

افترض أن غريغور قد ارتكب عملاً من أعمال العنف.

Gregor musste einen Weg finden, seinen Vater irgendwie zu besänftigen.

كان على غريغور أن يجد طريقة ما لإرضاء والده.

Weil er keine Zeit hatte, ihm die Dinge zu erklären.

لأنه لم يكن لديه الوقت الكافي لشرح الأمور له.

Aber er hätte die Dinge ohnehin nicht erklären können.

لكنه لم يكن ليتمكن من شرح الأمور على أي حال.

Da flüchtete er zur Tür und drückte sich dagegen.

فهرب إلى الباب وضغط نفسه عليه.

So konnte sein Vater ihn vom Vorzimmer aus sehen.

وبهذه الطريقة كان بإمكان والده رؤيته من الغرفة الأمامية.

Und er würde erkennen, dass er die besten Absichten hatte.

وسيكون قادراً على أن يرى أن لديه أفضل النوايا.

Es war nicht nötig, ihn mit einem Besen zurückzudrängen.

لم تكن هناك حاجة لدفعه للخلف بالمقشة.

Der Vater hätte lediglich die Tür öffnen müssen.

كل ما كان على الأب فعله هو فتح الباب.

Doch er hatte keine Lust, solche Feinheiten zu bemerken.

لكنه لم يكن في مزاج يسمح له بملاحظة مثل هذه التفاصيل الدقيقة.

"Da bist du ja!", rief er, sobald er eingetreten war.

"ها أنت ذا!" صاح حالما دخل.

Es war, als wäre er gleichzeitig wütend und glücklich.

كان الأمر كما لو أنه كان غاضباً وسعيداً في الوقت نفسه.

Er zog den Kopf zurück und blickte zu seinem Vater auf.

سحب رأسه إلى الخلف، ونظر إلى الأب.

Er hatte sich seinen Vater nicht so vorgestellt.

لم يكن يتخيل أن يقف والده هناك على هذا النحو.

Doch in letzter Zeit hatte er eine neue Ablenkung gefunden.

لكنه وجد في الآونة الأخيرة ما يصرف انتباهه.

Das Herumkriechen nahm nun einen großen Teil seines Tages ein.

أصبح الزحف الآن يشغل جزءاً كبيراً من يومه.

Zuvor hatte er alle Neuigkeiten in der Wohnung im Blick behalten.

في السابق، كان يتابع أي أخبار في الشقة.

Aber in letzter Zeit hatte er nicht mehr so genau darauf geachtet.

لكنه لم يكن يولي الكثير من الاهتمام في الآونة الأخيرة.

Er hätte auf Veränderungen vorbereitet sein müssen.

كان ينبغي عليه أن يكون مستعداً لمواجهة التغييرات.

Aber war dieser Mann vor ihm noch der Vater?

ومع ذلك، هل كان هذا الرجل الذي أمامه لا يزال هو الأب؟

War er noch derselbe Mann, der früher müde in seinem Bett lag?

هل كان هو نفس الرجل الذي اعتاد أن يستلقي متعباً في سريره؟

Als Gregor bereits auf Geschäftsreise war.

عندما كان غريغور قد ذهب بالفعل في رحلة عمل.

War er derselbe Mann, der ihn abends begrüßte?

هل كان هو نفس الرجل الذي كان يستقبله في المساء؟

Als er in seinem Morgenmantel in seinem Sessel saß.

عندما كان يرتدي رداء الحمام ويجلس على كرسيه.

War er derselbe Mann, der nicht aufstehen konnte, um ihn zu begrüßen?

هل كان هو نفس الرجل الذي لم يستطع النهوض لاستقباله؟

So blieb er sitzen und hob freudig den Arm.

فبقي جالساً، ورفع ذراعه كعلامة على الفرح.

War er derselbe Mann, mit dem er gelegentlich spazieren ging?

هل كان هو نفس الرجل الذي كان يخرج معه في نزهات عرضية؟

In seltenen Fällen: an einigen Sonntagen im Jahr oder an Feiertagen.

في مناسبات نادرة: بضعة أيام أحد في السنة، أو في أيام العطلات.

**War er derselbe Mann, der in seinen Mantel gehüllt herüberkam?**

هل كان هو نفس الرجل الذي كان يمشي وهو يرتدي معطفه؟

**Musste er sich langsam zwischen Mutter und ihm vorwärtsarbeiten?**

هل كان يتقدم ببطء، بينه وبين أمه؟

**Und sie gingen seinetwegen bereits langsam.**

وكانوا يسيرون ببطء بالفعل بسببه.

**Doch nun stand dieser Mann stark und aufrecht.**

لكن هذا الرجل الآن يقف قوياً ومنتصباً.

**Er trug eine blaue Uniform mit goldenen Knöpfen.**

كان يرتدي زياً أزرق اللون بأزرار ذهبية.

**Knöpfe, die die Angestellten der Bankinstitute tragen.**

أزرار يرتديها موظفو المؤسسات المصرفية.

**Über dem steifen Kragen trat sein markantes Doppelkinn hervor.**

برزت ذقنه المزدوجة القوية فوق الياقة الصلبة.

**Unter seinen buschigen Augenbrauen blickten seine schwarzen Augen hervor.**

كانت عيناه السوداوان تنظران من تحت حاجبيه الكثيفين.

**Seine Augen wirkten nun durchdringend, frisch und aufmerksam.**

بدت عيناه الآن ثاقبتين، ومنتعشتين، ومتيقظتين.

**Das zuvor zerzauste weiße Haar wurde glatt gekämmt.**

تم تمشيط الشعر الأبيض الذي كان أشعثاً سابقاً.

**Und sein Haar hatte nun einen sorgfältigen Mittelscheitel.**

وأصبح شعره الآن مفروقاً بدقة من المنتصف.

**Er warf seinen Hut weg, der mit einem goldenen Monogramm verziert war.**

ألقى بقبعته، التي كانت مثبتة بحرف ذهبي.

Es handelte sich wahrscheinlich um das Monogramm der Bank, für die er arbeitete.

ربما كان ذلك شعار البنك الذي كان يعمل فيه.

Und der Hut landete auf dem Sofa, um später weggeräumt zu werden.

وسقطت القبعة على الأريكة، ليتم وضعها جانباً لاحقاً.

Er schob den Saum der langen Uniformjacke zurück.

دفع الجزء السفلي من سترة الزي الرسمي الطويلة إلى الخلف.

Und er steckte seine Daumen in die Hosentaschen.

ووضع إبهاميه في جيوب بنطاله.

Und dann ging er mit finsterer Miene auf Gregor zu.

ثم سار نحو غريغور بوجه عابس.

Er wusste wahrscheinlich selbst noch nicht, was er vorhatte.

ربما لم يكن يعرف حتى ما الذي كان يخطط لفعله.

Dennoch hob er die Füße ungewöhnlich hoch.

لكن مع ذلك رفع قدميه عالياً بشكل غير عادي.

Gregor staunte über die enorme Größe seiner Stiefel.

أعجب غريغور بحجم حذائه الهائل.

Doch dafür blieb wirklich keine Zeit, seine Schuhe zu bewundern.

لكن لم يكن هناك وقت حقاً للتأمل في حذائه.

Der Vater hatte sich für eine sehr strenge Disziplin entschieden.

قرر الأب اتباع نظام تأديبي صارم للغاية.

Für Gregor war nur die größtmögliche Strenge angemessen.

لم يكن مناسباً لغريغور إلا أقصى درجات القسوة.

Das wusste er vom ersten Tag seiner Verwandlung an.

لقد أدرك ذلك منذ اليوم الأول لتحوله.

Er rannte zu seinem Vater und blieb stehen, als dieser stehen blieb.

ركض نحو والده، وتوقف عندما توقف.

Als er sich wieder bewegte, huschte er erneut auf ihn zu.

اندفع نحوه مرة أخرى عندما تحرك مجدداً.

Der Vater hielt einen Moment inne, und Gregor tat es ihm gleich.

توقف الأب للحظة، وكذلك فعل غريغور.

Und sobald sich sein Vater bewegte, stürmte er wieder vorwärts.

واندفع للأمام مرة أخرى بمجرد أن تحرك والده.

Auf diese Weise gingen sie mehrmals im Kreis um den Raum.

وبهذه الطريقة داروا حول الغرفة عدة مرات.

Bislang hatte noch niemand einen entscheidenden Vorteil errungen.

لم يحقق أي طرف حتى الآن أي ميزة حاسمة.

Man konnte nicht den Eindruck einer Verfolgungsjagd gewinnen.

لم يكن من الممكن أن يستنتج المرء وجود مطاردة.

Weil das ganze Geschehen viel zu langsam vonstatten ging.

لأن الحدث برمته كان يحدث ببطء شديد.

Gregor hatte beschlossen, am Boden zu bleiben.

قرر غريغور البقاء على الأرض.

Er hätte die Wände hoch und an der Decke entlanglaufen können.

كان بإمكانه أن يركض على الجدران وعلى طول السقف.

Er wollte den Vater aber nicht unnötig provozieren.

لكنه لم يرغب في استفزاز الأب بلا داعٍ.

Eine solche Flucht hätte besonders verwerflich erscheinen können.

ربما بدا هذا الهروب شريراً للغاية.

Gregor räumte ein, dass diese Jagd nicht mehr lange dauern könne.

أقر غريغور بأن هذه المطاردة لن تدوم طويلاً.

Jeder Schritt erforderte eine Vielzahl von Bewegungen.

كان لا بد من مواجهة كل خطوة بعدد لا يحصى من الحركات.

**Er begann bereits Atemnot zu verspüren.**

بدأ يشعر بضيق في التنفس.

**Schon vorher hatte er nie absolut zuverlässige Lungen gehabt.**

حتى قبل ذلك، لم تكن لديه رئتان موثوقتان تماماً.

**Er taumelte dahin und sparte seine Kräfte für den Lauf.**

ترنّح في طريقه، مدخراً قوته للجري.

**Er war so müde, dass er die Augen kaum noch offen halten konnte.**

كان متعباً للغاية لدرجة أنه بالكاد استطاع إبقاء عينيه مفتوحتين.

**Seine Gedanken verlangsamten sich zu sehr, um an andere Fluchtmöglichkeiten zu denken.**

أصبحت أفكاره بطيئة للغاية بحيث لم يعد بإمكانه التفكير في طرق أخرى للهروب.

**Er hatte fast vergessen, dass ihm die Wände zur Verfügung standen.**

كاد ينسى أن الجدران كانت متاحة له.

**Die Wände waren aber ohnehin hinter Möbeln verborgen.**

لكن الجدران كانت مخفية خلف الأثاث على أي حال.

**Und die Möbel wiesen zu viele Kerben und Vorsprünge auf.**

وكانت قطع الأثاث تحتوي على الكثير من الشقوق والنتوءات.

**Und dann, direkt neben ihm, rollte ein Apfel.**

ثمّ، بجانبه مباشرة، كانت هناك تفاحة تتدحرج.

**Ihm wurde klar, dass der Apfel nach ihm geworfen worden sein musste.**

أدرك أن التفاحة لا بد أنها ألقيت عليه.

**Doch er hatte keine Zeit zum Nachdenken, da kam schon der nächste Apfel.**

لكن لم يكن لديه وقت للتفكير قبل أن تأتي تفاحة أخرى.

**Gregor erstarrte vor Schreck über die neue Strategie seines Vaters.**

تجمد غريغور من الصدمة أمام استراتيجية الأب الجديدة.

Er konnte durch einen Fluchtversuch nichts mehr gewinnen.

لم يعد بإمكانه تحقيق أي شيء من محاولة الركض.

Der Vater hatte beschlossen, ihn mit Früchten zu überhäufen.

قرر الأب أن يغمره بالفاكهة.

Er hatte sich die Taschen mit Obst aus der Küchenschale gefüllt.

لقد ملأ جيوبه من وعاء الفاكهة في المطبخ.

Ohne besonders darauf zu zielen, warf er Apfel um Apfel.

دون أن يقصد ذلك تحديداً، كان يرمي التفاحة تلو الأخرى.

Diese kleinen roten Äpfel rollten auf dem Boden herum.

تتدحرجت هذه التفاحات الحمراء الصغيرة على الأرض.

Wie von einem Stromschlag getroffen, stießen die Äpfel aneinander.

وكأنها مكهربة، اصطدمت التفاحات ببعضها البعض.

Einer der schwach geworfenen Äpfel streifte Gregors Rücken.

أصابت إحدى التفاحات التي ألقيت بشكل ضعيف ظهر غريغور.

Zum Glück für ihn rutschte der Apfel harmlos herunter.

ولحسن حظه، انزلقت التفاحة دون أن تسبب له أي ضرر.

Der anschließend geworfene Apfel traf jedoch genauer.

لكن التفاحة التي ألقيت بعد ذلك كانت أكثر دقة.

Und dieser Apfel blieb tief in Gregors Rücken stecken.

واستقرت هذه التفاحة عميقاً في ظهر غريغور.

Gregor wollte sich vor dem Schmerz davonreißen.

أراد غريغور أن يسحب نفسه بعيداً عن الألم.

Vielleicht ließe sich diesem neuen, unvorstellbaren Schmerz entkommen.

ربما يمكن التخلص من هذا الألم الجديد الذي لا يُصدق.

Vielleicht würde ein Ortswechsel seine Qualen lindern.

ربما يخفف تغيير المكان من معاناته.

**Aber er fühlte sich, als wäre er am Boden festgenagelt.**

لكنه شعر وكأنه مثبت بالأرض.

**Er streckte sich aus, aber nur aufgrund seiner Verwirrung.**

تمدد، ولكن فقط بسبب ارتباكه.

**Erst mit seinem letzten Blick sah er, wie sich die Tür öffnete.**

لم يرَ الباب يُفتح إلا بنظرة أخيرة.

**Die Mutter stürzte vor die schreiende Schwester hinaus.**

اندفعت الأم إلى الخارج أمام أختها التي كانت تصرخ.

**Die Schwester hatte sie ausgezogen, sodass sie nur noch ihr Hemd trug.**

لقد جردتها أختها من ملابسها، لذا كانت ترتدي قميصها فقط.

**Sie hatte in ihrer Bewusstlosigkeit Freiraum gebraucht.**

كانت بحاجة إلى مساحة للتنفس في حالة اللاوعي.

**Er sah noch, wie die Mutter auf den Vater zulief.**

لا يزال يرى كيف ركضت الأم نحو الأب.

**Ihre Röcke rutschten einer nach dem anderen zu Boden.**

انزلقت تنانيرها إلى الأرض، واحدة تلو الأخرى.

**Er sah, wie sie auf den Vater zuging und über ihren Rock stolperte.**

رآها تقترب من الأب، ثم تعثرت بتنورتها.

**Sie umarmte ihn und bat darum, Gregors Leben zu verschonen.**

احتضنته، وطلبت منه أن ينقذ حياة غريغور.

**In völliger Einheit mit seinem Körper versagte auch sein Augenlicht.**

في حالة اندماج تام مع جسده، فقد بصره.

## Teil Drei
الجزء الثالث

Gregor litt über einen Monat lang unter der schweren Verletzung.

عانى غريغور من الإصابة الخطيرة لأكثر من شهر.

Der Apfel steckte fest; niemand wagte es, ihn zu entfernen.

بقيت التفاحة مغروسة في مكانها؛ ولم يجرؤ أحد على إزالتها.

Der Apfel blieb als sichtbare Erinnerung in seinem Fleisch zurück.

بقيت التفاحة في جسده كتذكير مرئي.

Der Apfel diente dem Vater aber auch als Erinnerung.

لكن التفاحة كانت بمثابة تذكير للأب أيضاً.

Ihm wurde klar, dass Gregor nicht wie ein Feind behandelt werden sollte.

أدرك أنه لا ينبغي معاملة غريغور كعدو.

Im Moment mag sein Erscheinungsbild traurig und abstoßend wirken.

قد يكون مظهره الحالي محزناً ومثيراً للاشمئزاز.

Aber dennoch war er ein Mitglied ihrer Familie.

لكن مع ذلك، كان لا يزال فرداً من عائلتهم.

Der Widerwille musste überwunden und toleriert werden.

كان لا بد من تقبّل هذا التردد وتحمّله.

Aufgrund seiner Verletzung könnte seine Beweglichkeit für immer verloren sein.

بسبب إصابته، قد يفقد قدرته على الحركة إلى الأبد.

Er kroch immer noch in seinem Zimmer herum, aber viel langsamer.

كان لا يزال يزحف في غرفته، لكن ببطء شديد.

Kriechen in irgendeiner Höhe war völlig ausgeschlossen.

كان الزحف على أي ارتفاع أمراً مستحيلاً.

Gregor erhielt jedoch eine Form der Entschädigung.

لكن غريغور حصل على شكل من أشكال التعويض.

**Am Abend wurde ihm die Wohnzimmertür geöffnet.**

وفي المساء فُتح له باب غرفة المعيشة.

**Und er war der Ansicht, dass diese Wiedergutmachungszahlungen vollkommen angemessen seien.**

وشعر أن هذه التعويضات كانت كافية تماماً.

**Noch vor Einbruch der Dunkelheit begann er, die Tür zu beobachten.**

قبل حلول المساء، بدأ بالفعل بمراقبة الباب.

**Er lag in der Dunkelheit, vom Wohnzimmer aus unsichtbar.**

كان يرقد في الظلام، غير مرئي من غرفة المعيشة.

**Er konnte die ganze Familie an dem beleuchteten Tisch sehen.**

كان بإمكانه رؤية جميع أفراد العائلة على الطاولة المضاءة.

**Nun durfte er ihren Gesprächen zuhören.**

سُمح له الآن بالاستماع إلى محادثاتهم.

**Dies unterschied sich deutlich von ihrer vorherigen Vereinbarung.**

كان هذا مختلفًا تمامًا عن ترتيبهم السابق.

**Die lebhaften Gespräche vergangener Zeiten waren verstummt.**

انتهت المحادثات الحيوية التي كانت سائدة في الماضي.

**Das waren die Gespräche, nach denen er sich immer gesehnt hatte.**

كانت هذه هي المحادثات التي اعتاد أن يتوق إليها.

**Als er allein in kleinen Hotelzimmern schlief.**

عندما كان ينام وحيداً في غرف فندقية صغيرة.

**Als er sich in die feuchte Bettwäsche werfen musste.**

عندما اضطر إلى إلقاء نفسه في أغطية السرير الرطبة.

**Die Abende verliefen nun meist ruhig und ereignislos.**

لكن الأمسيات الآن كانت هادئة في الغالب وخالية من الأحداث.

Der Vater schlief nach dem Abendessen in seinem Sessel
ein.

غفا الأب على كرسيه بعد العشاء.

Und Mutter und Schwester ermahnten einander zur Stille.

وحثت الأم والأخت بعضهما البعض على التزام الصمت.

Die Mutter beugte sich weit über die Lampe und nähte
Leinen.

انحنت الأم فوق الضوء، وخاطت الكتان.

Sie entwirft jetzt Kleider für eines der Modegeschäfte.

إنها تصنع الفساتين لأحد متاجر الأزياء الآن.

Wie Gregor hatte auch die Schwester eine Stelle als
Verkäuferin angenommen.

ومثل غريغور، حصلت الأخت على وظيفة بائعة.

Sie lernte abends Stenografie und Französisch.

كانت تتعلم الاختزال واللغة الفرنسية في المساء.

Damit sie später vielleicht eine bessere Arbeitsstelle
bekommen könnte.

حتى تتمكن من الحصول على وظيفة أفضل لاحقاً.

Manchmal wachte der Vater von seinem abendlichen
Nickerchen auf.

كان الأب يستيقظ أحياناً من قيلولته المسائية.

"Liebling, du nähst heute schon so lange!"

عزيزتي، لقد كنتِ تخيطين لفترة طويلة اليوم!

Er schien vergessen zu haben, dass er geschlafen hatte.

بدا وكأنه نسي أنه كان نائماً.

Doch er fiel sofort wieder in seinen Schlaf zurück.

لكنه سرعان ما عاد إلى نومه مرة أخرى.

Und Mutter und Schwester lächelten einander müde an.

وابتسمت الأم والأخت لبعضهما البعض بتعب.

Der Vater hatte eine seltsame neue Sturheit entwickelt.

لقد تطورت لدى الأب عناد غريب جديد.

Selbst zu Hause weigerte er sich, seine Dieneruniform auszuziehen.

حتى في المنزل رفض خلع زي الخادم.

Und sein Morgenmantel hing nutzlos am Kleiderbügel.

وظل رداء حمامه معلقاً بلا فائدة على الشماعة.

So schlief der Vater, vollständig bekleidet, in seinem Sessel.

وهكذا نام الأب، وهو يرتدي ملابسه كاملة، في كرسيه ذي الذراعين.

Es war, als ob er immer bereit wäre, seinen Dienst zu leisten.

كان الأمر كما لو أنه كان دائماً على استعداد لتقديم خدماته.

Als ob er nur auf die Stimme seines Vorgesetzten gewartet hätte.

وكأنه كان ينتظر فقط صوت رئيسه.

Dies führte dazu, dass seine Uniform an Sauberkeit verlor.

وقد أدى ذلك إلى فقدان زيه الرسمي لنظافته.

Obwohl die Uniform auch nicht neu war, als er sie bekam.

مع أن الزي لم يكن جديداً عندما حصل عليه أيضاً.

Und die Mutter tat ihr Bestes, um die Uniform zu pflegen.

وبذلت الأم قصارى جهدها للعناية بالزي المدرسي.

Gregor verbrachte ganze Abende damit, diese Uniform anzusehen.

أمضى غريغور أمسيات كاملة وهو ينظر إلى هذا الزي.

Er beobachtete, wie der alte Mann äußerst unbequem schlief.

راقب الرجل العجوز وهو ينام في حالة من عدم الراحة الشديدة.

Doch im Schlaf bemerkte er auch etwas Friedliches.

لكنه لاحظ أيضاً شيئاً هادئاً أثناء نومه.

Als die Uhr zehn schlug, versuchte die Mutter, ihn zu wecken.

عندما دقت الساعة العاشرة حاولت الأم إيقاظه.

Sie sprach leise und überredete ihn, ins Bett zu gehen.

تحدثت بهدوء، وأقنعته بالذهاب إلى الفراش.

Denn auf dem Sessel zu schlafen war kein richtiger Schlaf.

لأن النوم على الكرسي لم يكن نوماً حقيقياً.

**Er musste um sechs Uhr mit der Arbeit beginnen.**

كان عليه أن يبدأ العمل في الساعة السادسة.

**Deshalb musste er unbedingt so gut wie möglich schlafen.**

لذلك كان بحاجة ماسة إلى الحصول على أفضل نوم ممكن.

**Doch er war von einer neuen Form der Sturheit ergriffen.**

لكنه كان قد أصيب بنوع جديد من العناد.

**Die Tatsache, dass er Diener geworden war, hatte begonnen, diese Wirkung auf ihn zu haben.**

بدأ عمله كخادم يؤثر عليه بهذا الشكل.

**Deshalb bestand er immer darauf, länger am Tisch zu bleiben.**

لذلك كان يصر دائماً على البقاء لفترة أطول على الطاولة.

**Obwohl er regelmäßig wieder in seinem Sessel einschlief.**

على الرغم من أنه كان ينام بانتظام على كرسيه مرة أخرى.

**Und er ließ sich nur mit größter Mühe bewegen.**

ولم يكن من الممكن تحريكه إلا بصعوبة بالغة.

**Man musste ihm erklären, dass das Bett besser für ihn wäre.**

كان لا بد من إخباره بأن السرير سيكون أفضل له.

**Mutter und Schwester mussten nachdrücklich darauf bestehen, oft mit nur wenigen Vorwarnungen.**

كان على الأم والأخت الإصرار على ذلك مع تحذيرات قليلة.

**Fünfzehn Minuten lang schüttelte er nur langsam den Kopf.**

لمدة خمس عشرة دقيقة، لم يفعل سوى هز رأسه ببطء.

**Und er hielt die Augen geschlossen und weigerte sich aufzustehen.**

وأبقى عينيه مغمضتين، ورفض النهوض.

**Die Mutter zupfte sanft, aber bestimmt an seinem Ärmel.**

سحبت الأم كمّه برفق، ولكن بحزم.

**Und sie flüsterte ihm schmeichelhafte Worte in seine müden Ohren.**

وهمست بكلمات إطراء في أذنيه المتعبتين.

**Die Schwester unterbrach ihre Arbeit, um ihrer Mutter zu helfen.**

تركت الأخت المهمة التي كانت تقوم بها لمساعدة والدتها.

**Doch keiner ihrer Versuche zeigte Wirkung beim Vater.**

لكن لم تنجح أي من محاولاتهم مع الأب.

**Er sank noch tiefer in seinen Stuhl, bereit zum Schlafen.**

انغمس أكثر في كرسيه، مستعداً للنوم.

**Und schließlich packten ihn die Frauen unter den Achseln.**

وأخيراً أمسكت به النساء من تحت إبطيه.

**Er öffnete die Augen und blickte sie abwechselnd an.**

فتح عينيه ونظر إليهما بالتناوب.

**„Was für ein Leben!", klagte er beim Zubettgehen.**

"يا لها من حياة!"، هكذا اشتكى وهو يذهب إلى الفراش.

**"Ist das der Frieden, der mir im Alter zuteilwurde?"**

"هل هذا هو السلام الذي مُنح لي في شيخوختي؟"

**Doch dann stützte er sich auf die beiden Frauen und stand unbeholfen auf.**

لكن بعد ذلك، اتكأ على المرأتين ونهض على نحوٍ أخرق.

**Er tat so, als trüge er die schwerste Last.**

تصرف وكأنه يحمل أثقل عبء.

**Er ließ sich von den beiden Frauen bis ans andere Ende des Raumes führen.**

سمح للمرأتين أن تقوداه إلى نهاية الغرفة.

**Dort wünschte er ihnen eine gute Nacht und ging dann allein weiter.**

وهناك ودّعهم، ثم تابع طريقه بمفرده.

**Doch die Mutter warf hastig ihr Nähzeug hin.**

لكن الأم ألقت على عجل بأدوات الخياطة الخاصة بها.

**Und auch die Schwester legte den Stift und den Notizblock beiseite.**

وقامت الأخت أيضاً بوضع القلم والمفكرة جانباً.

Und sie liefen hinter dem Vater her, um ihm weiter zu helfen.

وركضوا خلف الأب لمساعدته أكثر.

Wer in dieser überarbeiteten Familie hatte schon Zeit für Gregor?

من في هذه العائلة المنهكة كان لديه وقت لغريغور؟

Wer hätte ihm mehr Aufmerksamkeit schenken können als nötig?

من الذي كان بإمكانه أن يمنحه اهتماماً أكثر من اللازم؟

Das Haushaltsbudget wurde zunehmend eingeschränkt.

أصبحت ميزانية الأسرة مقيدة بشكل متزايد.

Um Geld zu sparen, mussten sie schließlich das Dienstmädchen entlassen.

في النهاية، ولتوفير المال، اضطروا إلى الاستغناء عن الخادمة.

Sie wurde durch eine stämmige, weißhaarige Frau ersetzt.

تم استبدالها بامرأة ذات بنية عظمية قوية وشعر أبيض.

Diese Frau kam jedoch nur morgens und abends.

لكن هذه المرأة لم تكن تأتي إلا في الصباح والمساء.

Und die schwerste und härteste Arbeit wurde ihr aufgehoben.

وتم توفير كل الأعمال الشاقة والمرهقة لها.

Alle anderen Hausarbeiten wurden von der Mutter erledigt.

كانت الأم تتولى جميع الأعمال المنزلية الأخرى.

Es kam sogar vor, dass verschiedene Familienschmuckstücke verkauft wurden.

بل وصل الأمر إلى بيع العديد من مجوهرات العائلة.

Schmuck, den die Frauen bei Feierlichkeiten mit Freude getragen hatten.

المجوهرات التي كانت النساء يرتدينها بسعادة خلال الاحتفالات.

Gregor erfuhr dies in einer der allgemeinen Diskussionen.

تعلم غريغور هذا من إحدى المناقشات العامة.

Die größte Beschwerde betraf jedoch etwas anderes.

لكن الشكوى الأكبر كانت شيئاً آخر.

Die Wohnung war zu groß, aber sie konnten nicht ausziehen.

كانت الشقة كبيرة جدًا، لكنهم لم يتمكنوا من الانتقال منها.

Es gab keine Möglichkeit, Gregor umzusiedeln.

لم يكن هناك أي سبيل لنقل غريغور.

Gregor erkannte jedoch, dass es nicht nur um Rücksichtnahme ging.

لكن غريغور أدرك أن الأمر لم يكن مجرد مراعاة.

Etwas anderes hielt sie davon ab, woanders hinzuziehen.

ثمة شيء آخر منعهم من الانتقال إلى مكان آخر.

Er hätte problemlos in einer geeigneten Kiste transportiert werden können.

كان من الممكن نقله بسهولة في صندوق مناسب.

Ihre Gefühle völliger Hoffnungslosigkeit hielten sie zurück.

لقد أعاقتهم مشاعر اليأس التام.

Sie wollten sich nicht eingestehen, dass sie vom Unglück getroffen worden waren.

لم يرغبوا في الاعتراف بأن سوء الحظ قد أصابهم.

Was die Welt von armen Menschen verlangt, das haben sie erfüllt.

لقد قاموا بتلبية ما يطلبه العالم من الفقراء.

Der Vater holte dem kleinen Bankangestellten das Frühstück.

أحضر الأب وجبة الإفطار لموظف البنك الصغير.

Die Mutter opferte sich für die Wäsche von Fremden auf.

ضحت الأم بنفسها من أجل غسيل ملابس الغرباء.

Die Schwester rannte hin und her, um die Bestellungen der Kunden aufzunehmen.

كانت الأخت تركض جيئة وذهاباً لتلبية طلبات الزبائن.

Aber sie hatten einfach nicht mehr die Kraft, irgendetwas
weiter zu tun.

لكنهم لم يمتلكوا القوة الكافية لفعل المزيد.

Die Wunde in Gregors Rücken schmerzte nun noch mehr.

بدأ الجرح في ظهر غريغور يؤلمه أكثر فأكثر.

Jeden Abend brachten Mutter und Schwester den Vater ins
Bett.

كل ليلة كانت الأم والأخت تحضران الأب إلى الفراش.

Sie ließen ihre Arbeit liegen und setzten sich zusammen.

تركوا أعمالهم في مكانها، وجلسوا معاً.

Und sie rückten näher zusammen und saßen Wange an
Wange.

ثم اقتربا من بعضهما، وجلسا متلاصقين.

Die Mutter zeigte auf das Zimmer, von dem aus er zusah.

أشارت الأم إلى الغرفة التي كان يراقب منها.

"Würdest du die Tür schließen?", fragte sie die Schwester.

سألت الأخت: "هل يمكنكِ إغلاق الباب؟"

Und dann war Gregor wieder allein in der Dunkelheit.

ثم تُرك غريغور وحيداً في الظلام مرة أخرى.

Und im Nebenzimmer vermischten die Frauen ihre Tränen.

وفي الغرفة المجاورة، امتزجت دموع المرأة بدموعهما.

Oder sie saßen mit trockenen Augen da und starrten einfach
nur auf den Tisch.

أو جلسوا بلا دموع، يحدقون في الطاولة فحسب.

Gregor schlief kaum, weder nachts noch tagsüber.

لم ينم غريغور تقريباً على الإطلاق، لا ليلاً ولا نهاراً.

Er dachte oft darüber nach, wie er der Familie helfen könnte.

كان يفكر كثيراً في كيفية مساعدة العائلة.

Er dachte darüber nach, das Geld wieder für sie zu
verdienen.

فكر في كسب المال مرة أخرى من أجلهم.

Er dachte darüber nach, das zu tun, was er früher für sie getan hatte.

فكر في أن يفعل ما كان يفعله من أجلهم.

In seinen Gedanken erschien der Bevollmächtigte wieder.

عاد الممثل المعتمد إلى ذهنه.

Und dieses Mal kam auch der Chef in die Wohnung.

وهذه المرة جاء المدير أيضاً إلى الشقة.

Und die Angestellten und die Lehrlinge waren auch da.

وكان الموظفون والمتدربون حاضرين أيضاً.

Sogar der etwas begriffsstutzige Büroangestellte kam, um ihn zu sehen.

حتى موظف المكتب بطيء الفهم جاء لرؤيته.

Es waren zwei oder drei Freunde aus anderen Branchen dabei.

كان هناك اثنان أو ثلاثة أصدقاء من شركات أخرى.

Eine der Zimmermädchen aus einem Hotel in der Provinz.

إحدى عاملات تنظيف الغرف في فندق في إحدى المقاطعات.

Eine kostbare und flüchtige Erinnerung, an der er festzuhalten versuchte.

ذكرى عزيزة وعابرة حاول التمسك بها.

Eine Kassiererin aus einem Hutgeschäft, für die er Absichten hatte.

أمينة صندوق من متجر قبعات كان يكن لها نوايا.

Doch er war etwas zu langsam gewesen, um ihre Zustimmung zu gewinnen.

لكنه كان بطيئاً بعض الشيء في كسب موافقتها.

Sie alle tauchten in seinen Gedanken auf, vermischt mit Fremden.

لقد ظهروا جميعاً في أفكاره، ممزوجين بأشخاص غرباء.

Und andere erschienen nicht; sie waren bereits vergessen.

وآخرون لم يظهروا؛ لقد تم نسيانهم بالفعل.

Aber sie halfen weder ihm noch seiner Familie.

لكنهم لم يساعدوه، ولم يساعدوا عائلته أيضاً.

**Sie waren unzugänglich, und er war froh, als sie weg waren.**

كانوا بعيدين عن متناوله، وكان سعيداً عندما رحلوا.

**Er war nicht immer in der Stimmung, sich Sorgen um die Familie zu machen.**

لم يكن دائماً في مزاج يسمح له بالقلق على عائلته.

**Und er war voller Wut über die mangelnde Aufmerksamkeit.**

وقد امتلأ غضباً بسبب قلة الاهتمام.

**Und er konnte sich nichts vorstellen, worauf er Appetit hätte.**

ولم يستطع أن يتخيل أي شيء يشتهيه.

**Doch er schmiedete trotzdem Pläne, in die Speisekammer einzubrechen.**

لكنه مع ذلك وضع خططاً لاقتحام المخزن.

**Und er würde sich alles nehmen, was ihm zustand.**

وكان سيأخذ كل ما يستحقه.

**Die Schwester bemühte sich nicht mehr besonders um ihn.**

لم تعد الأخت تبذل أي جهد خاص من أجله.

**Sie verschwendete keine Zeit mehr damit, darüber nachzudenken, wie sie ihm gefallen könnte.**

لم تعد تقضي وقتها في التفكير في إرضائه.

**Vor der Arbeit schob sie schnell etwas zu essen ins Zimmer.**

قبل بدء العمل، دفعت بسرعة بعض الطعام إلى الغرفة.

**Und am Abend kehrte sie die Essensreste schnell wieder zusammen.**

وفي المساء قامت بجمع الطعام بسرعة مرة أخرى.

**Ob er gegessen hatte oder nicht, bemerkte sie nicht mehr.**

لم تعد تلاحظ ما إذا كان قد تناول الطعام أم لا.

**In den meisten Fällen blieb das Essen nun unberührt.**

في أغلب الأحيان، يُترك الطعام دون أن يمس.

**Abends huschte sie immer noch schnell durch den Raum.**

كانت لا تزال تجوب الغرفة بسرعة في المساء.

**Doch nun tat sie nur das Nötigste, und zwar so schnell wie möglich.**

لكنها الآن تقوم بالحد الأدنى فقط، بأسرع ما يمكن.

**An den Mauern zogen sich Spuren von Schmutz entlang.**

بقيت آثار من الأوساخ تمتد على طول الجدران.

**Auf dem Boden lagen Staub- und Müllklumpen.**

تُركت كرات من الغبار والقمامة ملقاة على الأرض.

**Gregor missbilligte ihre Nachlässigkeit.**

أبدى غريغور استياءه من عدم اكتراثها.

**Er drehte sich in einem besonders markanten Winkel.**

استدار بزاوية بالغة الأهمية.

**Aber er hätte wochenlang in dieser Position bleiben können.**

لكن كان بإمكانه البقاء في منصبه لأسابيع.

**Seine Schwester hätte seine Unzufriedenheit nicht bemerkt.**

لم تكن أخته لتلاحظ استياءه.

**Sie sah den Dreck genauso gut wie er, wenn nicht sogar besser.**

لقد رأت التراب بنفس جودة رؤيته، إن لم يكن أفضل.

**Aber sie hatte beschlossen, den Dreck dort zu lassen, wo er war.**

لكنها قررت ترك التراب في مكانه.

**Damals entwickelte sie eine völlig neue Sensibilität.**

في ذلك الوقت، تبنت حساسية جديدة تماماً.

**Sie hatte es sich zur Aufgabe gemacht, Gregors Zimmer zu reinigen.**

لقد جعلت تنظيف غرفة غريغور مسؤوليتها.

**Die Familie war von ihrer freundlichen Rücksichtnahme sehr berührt.**

تأثرت العائلة بلطفها وكرمها.

**Einst hatte die Mutter sein Zimmer gründlich gereinigt.**

في إحدى المرات، قامت الأم بتنظيف غرفته تنظيفاً شاملاً.

Erst nachdem sie mehrere Eimer Wasser verbraucht hatte, gelang es ihr.

لم تنجح إلا بعد استخدام بضعة دلاء من الماء.

Die neu aufgetretene Feuchtigkeit im Zimmer schadete Gregor jedoch.

لكن الرطوبة الجديدة في الغرفة أضرت بغريغور.

Und er lag breitbeinig, verbittert und regungslos auf dem Sofa.

واستلقى على الأريكة، وقد بدا عليه المرارة والجمود.

Doch das war nur ihre erste Strafe für ihre Hilfeleistung.

لكن ذلك لم يكن سوى عقابها الأول على مساعدتها.

Die Schwester bemerkte schnell die Veränderung in Gregors Zimmer.

لاحظت الأخت بسرعة التغيير في غرفة غريغور.

Und sie rannte, zutiefst beleidigt, ins Wohnzimmer.

وركضت إلى غرفة المعيشة، وقد شعرت بإهانة بالغة.

Ihre Mutter hob die Hände und versuchte, sie zu beschwören.

رفعت والدتها يديها وحاولت أن تتوسل إليها.

Doch trotz einer aufrichtigen Erklärung brach sie in Tränen aus.

لكن على الرغم من التفسير الصادق، انفجرت في البكاء.

Der Vater erschrak natürlich und fuhr aus seinem Stuhl hoch.

بالطبع، قفز الأب من على كرسيه مذعوراً.

Und die beiden Eltern schauten fassungslos und hilflos zu.

ونظر الوالدان في ذهول وعجز.

Und schließlich gerieten auch ihre Gefühle in Aufruhr.

وفي النهاية، أصبحت مشاعرهم مضطربة أيضاً.

Der Vater warf der Mutter vor, was sie getan hatte.

وبخ الأب الأم على ما فعلته.

"Du hättest das Zimmer Grete zum Putzen überlassen sollen."

كان عليك أن تترك الغرفة لجريت لتنظيفها.

Grete schrie die Mutter an, weil sie sein Zimmer aufgeräumt hatte.

صرخت غريت في وجه والدتها لأنها كانت تنظف غرفته.

„Du darfst sein Zimmer nie wieder putzen!"

"ممنوع عليكِ تنظيف غرفته مرة أخرى أبداً"!

Die Mutter versuchte, den Vater ins Schlafzimmer zu zerren.

حاولت الأم جر الأب إلى غرفة النوم.

Die Schwester blieb zitternd und schluchzend im Zimmer zurück.

تُركت الأخت في الغرفة ترتجف وتبكي.

Und sie hämmerte mit ihren kleinen Fäustchen auf den Tisch.

ثم ضربت الطاولة بقبضتيها الصغيرتين.

Und Gregor zischte sie alle lautstark vor Wut an.

وأطلق غريغور صيحة غضب عالية في وجههم جميعاً.

Warum war niemand auf die Idee gekommen, ihm die Tür zu schließen?

لماذا لم يفكر أحد في إغلاق الباب له؟

Sie hätten ihm diesen Anblick und Lärm ersparen können.

كان بإمكانهم أن يجنبوه هذا المشهد والضجيج.

Die Schwester war erschöpft, als sie von der Arbeit nach Hause kam.

كانت الأخت منهكة بعد عودتها إلى المنزل من العمل.

Und die Betreuung von Gregor bedeutete für sie noch mehr Arbeit.

وكانت رعاية غريغور بمثابة عمل شاق بالنسبة لها.

Das bedeutete aber nicht, dass die Mutter es hätte tun sollen.

لكن هذا لا يعني أن الأم كان ينبغي أن تفعل ذلك.

Gregor hingegen sollte nicht vernachlässigt werden.

أما غريغور، من ناحية أخرى، فلا ينبغي إهماله.

Aber jetzt hatten sie ein neues Dienstmädchen, das solche Dinge tun konnte.

لكن الآن لديهم خادمة جديدة تستطيع القيام بمثل هذه الأشياء.

Eine ältere Witwe mit kräftigem Knochenbau.

أرملة مسنة تتمتع ببنية عظمية قوية.

Eine Statur, die ihr half, ihr schwieriges Leben zu überstehen.

مكانة ساعدتها على النجاة من حياتها الصعبة.

Sie hatte keine wirkliche Abneigung gegen Gregors Erscheinung.

لم يكن لديها أي نفور حقيقي من مظهر غريغور.

Sie hatte versehentlich die Tür zu Gregors Zimmer geöffnet.

لقد فتحت باب غرفة غريغور عن طريق الخطأ.

Es geschah nicht aus besonderer Neugierde bezüglich des Zimmers.

لم يكن ذلك بدافع فضول خاص بشأن الغرفة.

Sie tat lediglich ihre Arbeit und öffnete dabei zufällig die Tür.

كانت تؤدي وظيفتها فحسب، وصدف أن فتحت الباب.

Gregor war natürlich völlig überrascht von ihr.

بالطبع، فوجئ غريغور بها تماماً.

Er wurde nicht verfolgt, aber er rannte hin und her.

لم يكن يُطارد، لكنه كان يركض ذهابًا وإيابًا.

Und sie verschränkte einfach die Arme und sah ihm beim Krabbeln zu.

ثم قامت بطي ذراعيها، وراقبته وهو يزحف.

Seitdem hat sie ihm immer einen Spaltbreit die Tür geöffnet.

ومنذ ذلك الحين، كانت تفتح له الباب قليلاً دائماً.

Eines Morgens schaute sie nach ihm, um zu sehen, wie es ihm ging.

في إحدى المرات في الصباح، نظرت إليه لتطمئن عليه.

Und am Abend sah sie nach ihm, bevor sie ging.

وفي المساء، تفقدت حاله قبل أن تغادر.

Zuerst versuchte sie auch, ihn zu sich zu rufen.

في البداية حاولت أيضاً أن تناديه ليأتي إليها.

„Komm her, du alter Mistkäfer!", pflegte sie zu sagen.

كانت تقول: "تعال إلى هنا، أيها الخنفساء العجوز"!

Oder sie sagte freundlich: „Schau dir den alten Mistkäfer
an!"

أو قالت: "انظر إلى خنفساء الروث العجوزا"، على سبيل المزاح.

Gregor reagierte nie darauf, wenn man so mit ihm sprach.

لم يرد غريغور أبداً على التحدث إليه بتلك الطريقة.

Er blieb stehen, ohne sich zu rühren, und ignorierte sie.

بقي هناك دون أن يتحرك، وتجاهلها.

„Wenn man ihr doch nur gesagt hätte, wie man ihre Arbeit
richtig macht."

"لو أنها فقط أخبرت بكيفية القيام بعملها بشكل صحيح".

„Anstatt mich zu belästigen, sollte sie lieber mein Zimmer
aufräumen."

"بدلاً من أن تزعجني، عليها أن تنظف غرفتي".

Eines Morgens prasselte ein heftiger Regenguss gegen die
Fenster.

في إحدى المرات في الصباح الباكر، هطل مطر غزير على النوافذ.

Vielleicht war der Regen bereits ein Zeichen für den
kommenden Frühling.

ربما كان المطر بالفعل علامة على قدوم الربيع.

Das Dienstmädchen begann wieder auf diese Weise mit ihm
zu sprechen.

بدأت الخادمة تتحدث إليه بتلك الطريقة مرة أخرى.

Gregor war so verbittert, dass er sich umdrehte und ihr ins
Gesicht sah.

كان غريغور شديد المرارة لدرجة أنه استدار لمواجهتها.

Er war langsam und gebrechlich, aber es war eine Art Angriff.

كان بطيئاً وضعيفاً، لكنه كان نوعاً من الهجوم.

Das Dienstmädchen hingegen hatte überhaupt keine Angst vor Gregor.

لكن الخادمة لم تكن خائفة من غريغور على الإطلاق.

Stattdessen hob sie einen Stuhl hoch, der in der Nähe der Tür stand.

بدلاً من ذلك، رفعت كرسياً كان بالقرب من الباب.

Und sie stand da, ganz ruhig, mit weit geöffnetem Mund.

ووقفت هناك بهدوء، وفمها مفتوح على مصراعيه.

Ihre Absichten waren klar, das konnte sogar Gregor erkennen.

كانت نواياها واضحة، حتى غريغور كان يرى ذلك.

Und er drehte sich langsam um und kehrte zu seinem ursprünglichen Platz zurück.

ثم استدار ببطء إلى موقعه الأصلي.

"Sie wollen also nicht näher kommen, oder?"

"إذن أنت لا تريد الاقتراب أكثر من ذلك، أليس كذلك؟"

Und sie stellte den Stuhl leise wieder in die Ecke.

ثم أعادت الكرسي بهدوء إلى الزاوية.


Gregor aß kaum noch etwas.

لم يعد غريغور يأكل أي شيء تقريباً.

Manchmal blieb er bei seinen Rundgängen im Zimmer stehen.

في بعض الأحيان، كان يتوقف أثناء تجوله في الغرفة.

Und er befand sich neben dem für ihn zubereiteten Essen.

ووجد نفسه بجوار الطعام المُعدّ له.

Er steckte sich das Essen in den Mund, aber nur, um damit zu spielen.

وضع الطعام في فمه، ولكن فقط ليلعب به.

Und nicht selten spuckte er es nach ein paar Stunden wieder aus.

وكثيراً ما كان يبصقها مرة أخرى بعد بضع ساعات.

Er versuchte, einen Grund für seinen Appetitverlust zu finden.

حاول أن يجد سبباً لفقدانه الشهية.

Vielleicht, weil er mit dem Zustand seines Zimmers unzufrieden war.

ربما لأنه كان حزيناً بسبب حالة غرفته.

Aber er hatte sich mit den Veränderungen im Raum abgefunden.

لكنه تقبّل التغييرات التي طرأت على الغرفة.

In letzter Zeit hatte sich sein Zimmer in eine Art Abstellraum verwandelt.

أصبحت غرفته مؤخراً أشبه بمخزن.

Sie hatten sich angewöhnt, Dinge dort liegen zu lassen.

لقد اعتادوا على ترك الأشياء هناك.

Und nun lagen noch viele solcher Dinge in seinem Zimmer.

وبقيت الآن أشياء كثيرة من هذا القبيل في غرفته.

Weil ein Zimmer der Wohnung vermietet worden war.

لأن إحدى غرف الشقة كانت مؤجرة.

Drei ernsthafte Herren mieteten das Zimmer gemeinsam.

ثلاثة رجال جادين كانوا يستأجرون الغرفة معاً.

Gregor hat sie einmal durch einen Türspalt erblickt.

لاحظهم غريغور ذات مرة من خلال شق في الباب.

Sie trugen Vollbärte und waren penibel gekleidet.

كانت لديهم لحى كثيفة، وكانوا يرتدون ملابس أنيقة للغاية.

Sie achteten penibel darauf, dass alles ordentlich blieb.

كانوا حريصين للغاية على الحفاظ على كل شيء مرتباً.

Ihr Hang zur Ordnung beschränkte sich nicht nur auf ihr Zimmer.

لم يقتصر إصرارهم على النظافة على غرفتهم فقط.

Die gesamte Wohnung musste tadellos sauber gehalten werden.

كان لا بد من الحفاظ على نظافة الشقة بأكملها بشكل مثالي.

Sie legten sogar noch mehr Wert auf das Aussehen der Küche.

بل إنهم كانوا أكثر دقة في اختيار شكل المطبخ.

Und unnötigen Unrat konnten sie nicht dulden.

ولم يكونوا ليتحملوا أي فوضى غير ضرورية.

Sie hatten auch ihre eigenen Möbel mitgebracht.

كما أحضروا معهم أثاثهم الخاص.

Aus diesem Grund waren viele Dinge überflüssig geworden.

ولهذا السبب، أصبحت أشياء كثيرة زائدة عن الحاجة.

Das waren Dinge, für die niemand Geld bezahlen würde.

كانت أشياءً لن يدفع أحدٌ مقابلها أي مال.

Die Familie wollte diese Dinge aber auch nicht wegwerfen.

لكن العائلة لم ترغب أيضاً في التخلص من هذه الأشياء.

All diese Dinge landeten irgendwo in Gregors Zimmer.

ذهبت كل هذه الأشياء إلى مكان ما في غرفة غريغور.

Der Aschenbecher aus der Küche stand nun in seinem Zimmer.

أصبح صندوق الرماد من المطبخ موجوداً في غرفته الآن.

Und der Müll wurde bis zum Abholtag in seinem Zimmer aufbewahrt.

وكانت القمامة تبقى في غرفته حتى يوم جمع القمامة.

Das Dienstmädchen warf alles, was sie nicht brauchte, in sein Zimmer.

ألقت الخادمة بكل ما لا تحتاجه في غرفته.

Zum Glück sah er nichts weiter als die Hand und den Gegenstand.

لحسن الحظ، لم يرَ أكثر من اليد والشيء.

Sie hatte wahrscheinlich vor, die Sachen später abzuholen.

ربما كانت تنوي العودة لأخذ الأشياء لاحقاً.

Oder vielleicht wollte sie einfach alles auf einmal
wegwerfen.

أو ربما أرادت التخلص من كل شيء دفعة واحدة.

Doch alles blieb dort, wo es ursprünglich gelandet war.

لكن كل شيء بقي في مكانه الذي هبط فيه أولاً.

Es sei denn, Gregor bewegte den Schrott, indem er sich
hindurchzwängte.

إلا إذا كان غريغور قد أزاح الخردة بالتسلل من خلالها.

Zuerst musste er sich durch den ganzen Schrott
hindurchkriechen.

في البداية، اضطر إلى الزحف عبر كل تلك الخردة.

Es gab für ihn keine Möglichkeit, dies zu vermeiden.

لم يكن أمامه أي خيار لتجنب القيام بذلك.

Später fand er jedoch tatsächlich Freude an dieser Tätigkeit.

لكنه وجد لاحقاً متعة في هذا النشاط.

Diese Anstrengung hinterließ ihn jedoch traurig und
zutiefst erschöpft.

على الرغم من أن هذا الجهد تركه حزيناً ومتعباً للغاية.

Und danach war er viele Stunden lang bewegungsunfähig.

وبعد ذلك لم يتمكن من الحركة لساعات طويلة.

Die Untermieter aßen manchmal im Wohnzimmer.

كان النزلاء يتناولون وجباتهم أحياناً في غرفة المعيشة.

Die Wohnzimmertür blieb an diesen Abenden geschlossen.

ظل باب غرفة المعيشة مغلقاً في تلك الأمسيات.

Gregor hatte aber keine Schwierigkeiten, die Tür jetzt nicht
zu öffnen.

لكن غريغور لم يجد صعوبة في عدم فتح الباب الآن.

Selbst wenn die Tür offen war, schaute er nicht immer
hinaus.

حتى عندما كان الباب مفتوحاً، لم يكن ينظر إلى الخارج دائماً.

Doch er legte sich in die dunkelste Ecke des Zimmers.

لكنه استلقى في أحلك زاوية من الغرفة.

Auch der Familie fiel seine mangelnde Aufmerksamkeit nicht auf.

لم تلاحظ العائلة أيضاً عدم انتباهه.

Doch einmal ließ das Dienstmädchen die Tür offen.

لكن في إحدى المرات تركت الخادمة الباب مفتوحاً.

Die Tür blieb auch dann offen, als die Mieter zurückkehrten.

ظل الباب مفتوحاً حتى بعد عودة النزلاء.

Und die Tür war offen, als das Licht eingeschaltet wurde.

وكان الباب مفتوحاً عندما تم تشغيل الضوء.

Der Mann saß an dem Tisch, an dem die Familie zu Abend aß.

جلس الرجل على الطاولة التي تناولت عليها العائلة العشاء.

Vater, Mutter und Gregor saßen dort in früheren Zeiten.

جلس الأب والأم وغريغور هناك في أزمنة سابقة.

Sie entfalteten die Servietten und nahmen Messer und Gabeln.

قاموا بفتح المناديل، وأخذوا السكاكين والشوك.

Die Mutter erschien mit einer Schüssel Fleisch in der Tür.

ظهرت الأم في المدخل ومعها وعاء من اللحم.

Dann kam die Schwester mit einer Schüssel voller Kartoffeln herein.

ثم دخلت الأخت ومعها وعاء مليء بالبطاطس.

Die Untermieter beugten sich über die vor ihnen aufgestellten Schüsseln.

انحنى النزلاء فوق الأوعية الموضوعة أمامهم.

Der dichte Rauch des Essens stieg ihnen bis in die Nasen.

وصل الدخان الكثيف المنبعث من الطعام إلى أنوفهم.

Aber sie hatten noch nicht entschieden, ob sie das Essen essen würden.

لكنهم لم يقرروا بعد ما إذا كانوا سيأكلون الطعام أم لا.

Vielleicht würden sie das Essen zurück in die Küche
schicken.

ربما يعيدون الوجبة إلى المطبخ.

Der Mann in der Mitte schien die Autoritätsperson zu sein.

بدا الرجل الجالس في المنتصف وكأنه صاحب السلطة.

Er schnitt das Fleisch an, um festzustellen, ob es zart genug
war.

قام بتقطيع اللحم ليتأكد من أنه طري بما فيه الكفاية.

Er war zufrieden mit dem Geruch und Aussehen des Essens.

كان راضياً عن رائحة الطعام ومظهره.

Die Mutter und die Schwester hatten sie ängstlich
beobachtet.

كانت الأم والأخت تراقبانهم بقلق.

Und sie begannen zu lächeln, begleitet von einem Seufzer
der aufgestauten Erleichterung.

وبدأوا يبتسمون وهم يتنفسون الصعداء بعد أن هدأت مشاعرهم.

Die Familie selbst wollte in der Küche essen.

كانت العائلة نفسها ستتناول الطعام في المطبخ.

Doch zuerst ging der Vater nach den Untermietern sehen.

لكن الأب ذهب أولاً للاطمئنان على النزلاء.

Er verbeugte sich einmal und hielt dabei seine Arbeitsmütze
in der Hand.

انحنى مرة واحدة، وهو يحمل قبعته التي حصل عليها من العمل في يده.

Und er ging einmal im Kreis um den Tisch herum, zu jedem
Gast.

ثم طاف حول الطاولة، متوجهاً إلى كل ضيف.

Die Untermieter standen alle auf und murmelten in ihre
Bärte.

نهض جميع النزلاء وهم يتمتمون في لحاهم.

Nachdem er gegangen war, aßen sie in fast völliger Stille.

بعد أن غادر، تناولوا الطعام في صمت شبه تام.

Gregor fand es seltsam, dass er Kaugeräusche hörte.

بدا الأمر غريباً بالنسبة لغريغور أنه يستطيع سماع صوت المضغ.

Kein anderer Aspekt des Essens schien Geräusche zu verursachen.

لم يصدر أي صوت آخر أثناء تناول الطعام.

Aber er konnte deutlich hören, wie Zähne aufeinander knirschten.

لكنه كان يسمع بوضوح صوت صرير الأسنان.

Sie schienen ihm sagen zu wollen, dass er Zähne zum Essen brauche.

بدا أنهم يخبرونه بأنه يحتاج إلى أسنان ليأكل.

"Ohne Zähne im Kiefer kann man gar nichts machen."

"لا يمكنك فعل أي شيء إذا كانت فكاك بلا أسنان".

„Ich möchte etwas essen“, sagte Gregor ängstlich.

قال غريغور بقلق: "أود أن آكل شيئاً."

„Aber ich habe keinen Appetit auf das, was ihr alle esst.“

"لكنني لا أشتهي ما تأكلونه جميعاً".

„Seht euch an, wie diese Mieter essen, und ich verhungere hier.“

"انظروا إلى هؤلاء النزلاء وهم يأكلون، وأنا هنا أتضور جوعاً".

Gregor dachte an diesem Abend zufällig an die Geige.

صادف أن فكر غريغور في الكمان في ذلك المساء.

Er hatte die Geige seit der Verwandlung nicht mehr gehört.

لم يسمع صوت الكمان منذ التحول.

Doch dann, an diesem Abend, ertönte ein Geräusch aus der Küche.

ولكن بعد ذلك، في هذا المساء، صدر صوت من المطبخ.

Die Herren hatten ihr Abendessen bereits beendet.

كان السادة قد انتهوا بالفعل من تناول وجبة العشاء.

Der mittlere Herr hatte begonnen, eine Zeitung zu lesen.

بدأ الرجل الذي في المنتصف بقراءة صحيفة.

Den beiden anderen Herren hatte er jeweils ein Blatt gegeben.

أعطى الرجلين الآخرين ورقة لكل منهما.

Und nun lehnten sie sich zurück, lasen und rauchten.

والآن كانوا يسترخون ويقرأون ويدخنون.

Als die Geige zu spielen begann, wurden sie aufmerksam.

عندما بدأ الكمان بالعزف، أصبحوا منتبهين.

Sie standen auf und gingen auf Zehenspitzen zur Tür des Vorzimmers.

نهضوا وساروا على أطراف أصابعهم نحو باب الغرفة الأمامية.

Hier standen sie eng beieinander und lauschten an der Tür.

وقفوا هنا متجمعين معاً، يستمعون عند الباب.

Die Familie muss die Männer aus der Küche gehört haben.

لا بد أن العائلة سمعت الرجال من المطبخ.

Denn der Vater rief sie und fragte sie:

لأن الأب نادى عليهم وسألهم؛

"Ist die Geige für die Herren vielleicht unbequem?"

"هل الكمان غير مريح للسادة؟"

„Wenn Ihnen die Musik nicht gefällt, können wir sofort aufhören.“

"إذا لم تعجبك الموسيقى، يمكننا التوقف فوراً".

„Im Gegenteil“, sagte der mittlere der beiden Herren.

"على العكس من ذلك"، قال الرجل الأوسط.

Möchte die junge Dame in unserem Zimmer Geige spielen?

"هل ترغب الشابة في العزف على الكمان في غرفتنا؟"

„Hier ist es definitiv viel komfortabler und gemütlicher.“

"بالتأكيد المكان هنا أكثر راحة ودفئاً".

Der Vater antwortete, als wäre er selbst der Geiger.

أجاب الأب كما لو كان عازف الكمان نفسه.

"Oh bitte, das wäre wunderbar", rief der Vater.

"أوه، من فضلك، سيكون ذلك رائعاً"، صرخ الأب.

Die Herren kehrten ins Wohnzimmer zurück und warteten.

عاد الرجال إلى غرفة المعيشة وانتظروا.

Bald darauf kam der Vater mit dem Notenständer ins
Zimmer.

سرعان ما دخل الأب إلى الغرفة ومعه حامل النوتات الموسيقية.

Die Mutter kam mit dem Notenbuch ins Zimmer.

دخلت الأم إلى الغرفة ومعها كتاب الموسيقى.

Und die Schwester kam mit der Geige ins Zimmer.

ودخلت الأخت إلى الغرفة ومعها الكمان.

Sie bereitete in aller Ruhe alles vor, um Geige zu spielen.

قامت بهدوء بتحضير كل شيء لعزف الكمان.

Die Eltern übertrieben ihre Höflichkeit und ihr Benehmen.

بالغ الوالدان في إظهار أدبهما وحسن سلوكهما.

Sie hatten zuvor noch nie Zimmer an Untermieter vermietet.

لم يسبق لهم تأجير غرف للمستأجرين من قبل.

Und sie trauten sich nicht einmal, auf ihren eigenen Stühlen
zu sitzen.

ولم يجرؤوا حتى على الجلوس على كراسيهم.

Statt sich hinzusetzen, lehnte sich der Vater gegen die Tür.

بدلاً من الجلوس، اتكأ الأب على الباب.

Seine rechte Hand befand sich zwischen zwei Knöpfen
seines Mantels.

كانت يده اليمنى بين زرين من أزرار معطفه.

Der Mutter wurde jedoch von einem Herrn ein Stuhl
angeboten.

لكن الأم عُرض عليها كرسي من قبل رجل نبيل.

Aber sie setzte sich an die Stelle, wo der Herr den Stuhl
hingestellt hatte.

لكنها جلست حيث وضع الرجل الكرسي.

Und er hatte den Stuhl nicht an einem bestimmten Ort
aufgestellt.

ولم يضع الكرسي في مكان محدد.

So saß die Mutter abseits von allen anderen in einer Ecke.

فجلست الأم بعيداً عن الجميع، في زاوية.

Und schließlich begann die Schwester Geige zu spielen.

وأخيراً بدأت الأخت بالعزف على الكمان.

Die Eltern auf den gegenüberliegenden Seiten beobachteten das Geschehen aufmerksam.

كان الوالدان، الجالسان على جانبين متقابلين، يوليان اهتماماً بالغاً.

Und sie beobachteten jede Bewegung ihrer Hand genau.

وراقبوا بعناية كل حركة من حركات يدها.

Gregor war auch vom Geigenspiel fasziniert.

انجذب غريغور أيضاً إلى عزف الكمان.

Und er wagte sich ein Stück weiter aus seinem Zimmer hinaus.

ثم خرج من غرفته قليلاً.

Er hatte den Kopf schon im Wohnzimmer.

كان قد دخل بالفعل إلى غرفة المعيشة ورأسه داخلها.

Er war stets sehr stolz darauf, besonders rücksichtsvoll zu sein.

كان يفتخر كثيراً بكونه شخصاً مراعياً للآخرين.

Doch in letzter Zeit hinterfragte er seine Nachlässigkeit kaum noch.

لكن مؤخراً لم يعد يشكك في إهماله.

Auch wenn er jetzt mehr Grund hatte, sich zu verstecken als zuvor.

على الرغم من أن لديه الآن أسباباً أكثر للاختباء مما كان عليه في السابق.

Weil sein Zimmer mit Staub und allerlei Schmutz bedeckt war.

لأن غرفته كانت مغطاة بالغبار والأوساخ المختلفة.

Die geringste Bewegung wirbelte allerlei Schmutz auf.

أدنى حركة كانت تثير كل أنواع القذارة.

Der ganze Dreck klebte an ihm: Staub, Haare, Essensreste.

كل هذا التراب التصق به؛ الغبار والشعر وبقايا الطعام.

Er hätte den Schmutz am Teppich abreiben können.

كان بإمكانه مسح الأوساخ على السجادة.

Das tat er mehrmals täglich.

كان هذا شيئاً اعتاد أن يفعله عدة مرات يومياً.

Doch seine Gleichgültigkeit gegenüber allem war viel zu groß.

لكن لامبالاته بكل شيء كانت أكبر من اللازم.

Deshalb hatte er keine Angst, noch ein Stück weiterzugehen.

لذلك لم يكن يخشى المضي قدماً قليلاً.

Und er betrat den makellosen Wohnzimmerboden.

ثم انتقل إلى أرضية غرفة المعيشة النظيفة تماماً.

Doch niemand bemerkte ihn oder schenkte ihm Beachtung.

لكن لم يلاحظه أحد، ولم يكترث به أحد.

Die Familie war völlig in das Konzert vertieft.

كانت العائلة منغمسة تماماً في الحفل الموسيقي.

Die Herren hingegen zogen sich zunächst zurück.

أما السادة، من جانبهم، فقد تراجعوا في البداية.

Und sie standen dicht hinter dem Notenständer der Schwester.

ووقفوا خلف حامل النوتات الموسيقية الخاص بالأخت مباشرةً.

Wenn sie hingesehen hätten, hätten sie die Noten sehen können.

لو أنهم نظروا لكانوا قد رأوا النوتات الموسيقية.

Dies hätte die Schwester natürlich beunruhigt.

وهذا بالطبع كان سيثير قلق الأخت.

Dann blieben sie am Fenster stehen, anstatt sich hinzusetzen.

ثم وقفوا بجانب النافذة بدلاً من الجلوس.

Mit den Händen in den Taschen redeten sie weiter.

استمروا في الكلام وأيديهم في جيوبهم.

Sie blieben dort, während der Vater ängstlich zusah.

وبقوا هناك بينما كان الأب يراقب بقلق.

Man hatte den Eindruck, dass sie andere Erwartungen hatten.

كان لدى المرء انطباع بأن لديهم توقعات أخرى.

**Und es schien wirklich so, als wären sie enttäuscht gewesen.**

وبدا الأمر حقاً كما لو أنهم شعروا بخيبة أمل.

**Es schien, als hätten sie genug von der Vorstellung.**

بدا أنهم قد اكتفوا من العرض.

**Sie hatten zugelassen, dass die Geige ihren Frieden störte.**

لقد سمحوا للكمان أن يزعج سلامهم.

**Und sie tolerierten die Musik nur aus Höflichkeit.**

ولم يتحملوا الموسيقى إلا من باب المجاملة.

**Besonders beunruhigend war, wie sie den Rauch wegbliesen.**

كانت طريقة نفخهم للدخان مثيرة للقلق بشكل خاص.

**Und dennoch spielte sie so wunderschön Geige.**

ومع ذلك، كانت تعزف على الكمان بشكل جميل للغاية.

**Ihr Gesicht war leicht zur Seite geneigt, auf der Geige.**

كان وجهها مائلاً برفق إلى الجانب، على الكمان.

**Ihr Blick wanderte traurig die Notenlinien entlang.**

كانت عيناها تبحثان بحزن على طول خطوط الموسيقى.

**Gregor fühlte sich ein wenig mehr ins Wohnzimmer hineingezogen.**

شعر غريغور بأنه منجذب إلى غرفة المعيشة أكثر قليلاً.

**Er hielt den Kopf dicht am Boden, blickte aber nach oben.**

أبقى رأسه قريباً من الأرض، لكنه نظر إلى الأعلى.

**Vielleicht würde sich so der Blick seiner Schwester mit seinem treffen.**

ربما بهذه الطريقة قد تلتقي نظرة أخته بعينيه.

**Kann man wirklich sagen, dass er nur ein Tier war?**

هل يمكن القول حقاً إنه كان مجرد حيوان؟

**War er etwa ein Tier, wenn ihn Musik so fesseln konnte?**

هل كان حيواناً إن كانت الموسيقى قادرة على أسره إلى هذا الحد؟

Er hatte das Gefühl, ihm sei ein Weg zu unbekannter
Nahrung gezeigt worden.

شعر وكأنه قد أُري طريقاً إلى غذاء مجهول.

Vielleicht war dies die Nahrung, die ihm fehlte.

ربما كان هذا هو الغذاء الذي كان يفتقده.

Er war fest entschlossen, zu seiner Schwester zu gelangen.

كان مصمماً على الوصول إلى أخته.

Er wollte an ihrem Rock zupfen, um ihre Aufmerksamkeit
zu erregen.

أراد أن يشد تنورتها ليلفت انتباهها.

Er wollte ihr eine Art Einladung signalisieren.

أراد أن يعطيها تلميحاً بدعوة.

„Komm und spiel Geige in meinem Zimmer", wollte er
sagen.

"تعال واعزف على الكمان في غرفتي"، هكذا أراد أن يقول.

Er wollte, dass sie für ihre wunderschöne Musik belohnt
wird.

أراد أن يكافئها على موسيقاها الجميلة.

"Niemand hier belohnt dich dafür, dass du Geige spielst."

"لا أحد هنا يكافئك على عزفك على الكمان".

Er wollte sie nicht mehr aus seinem Zimmer lassen.

لم يعد يريد أن يسمح لها بالخروج من غرفته.

Er wollte, dass sie so lange bei ihm blieb, wie er lebte.

كان يريدها أن تبقى معه طوال حياته.

Zum ersten Mal hatte seine Verwandlung einen Vorteil.

ولأول مرة، كان لتحوله فائدة.

Seine Missbildung würde ihm nun endlich noch von
Nutzen sein.

أخيرًا، سيصبح تشوهه مفيدًا له.

Er wollte gleichzeitig an allen vier Türen sein.

أراد أن يكون عند الأبواب الأربعة جميعها في وقت واحد.

Er wollte sie von allen Seiten anfauchen und anspucken.

كان يريد أن يزمجر ويبصق عليهم من كل جانب.

Seine Schwester sollte nicht gezwungen werden, bei ihm zu bleiben.

لا ينبغي إجبار أخته على البقاء معه.

Er wollte, dass sie sich freiwillig dafür entschied, bei ihm zu bleiben.

كان يريدها أن تختار البقاء معه طواعية.

Sie wollte sich neben ihn setzen und sich zu ihm hinunterbeugen.

كانت ستجلس بجانبه وتنحني نحوه.

Und er wollte ihr von der Musikschule erzählen.

وكان سيخبرها عن مدرسة الموسيقى.

Er hatte die feste Absicht, sie auf die Akademie zu schicken.

كان لديه نية راسخة لإرسالها إلى الأكاديمية.

Das hätte er allen schon letztes Weihnachten erzählt.

كان سيخبر الجميع بهذا الأمر في عيد الميلاد الماضي.

War Weihnachten etwa schon wieder vorbei?

هل مرّ عيد الميلاد بالفعل مرة أخرى؟

Und er hätte sich von niemandem davon abbringen lassen.

ولم يكن ليسمح لأحد أن يثنيه عن ذلك.

Doch dann setzte das Unglück allem ein Ende.

لكن الحادث المؤسف أوقف كل شيء.

Die Schwester wäre von ihren Gefühlen überwältigt gewesen.

كانت الأخت ستغمرها المشاعر.

Und dann wäre Gregor bis auf ihre Schulter geklettert.

وبعد ذلك كان غريغور سيتسلق إلى كتفها.

Und er hätte sie getröstet, indem er ihren Hals geküsst hätte.

وكان سيواسيها بتقبيل رقبتها.

„Herr Samsa!", rief der Mann in der Mitte dem Vater zu.

"سيد سامسا!" نادى الرجل الذي في المنتصف الأب.

**Er zeigte mit dem Zeigefinger nach unten auf Gregor.**

كان يشير بإصبعه السبابة نحو غريغور.

**Gregor bewegte sich langsam über den Wohnzimmerboden.**

كان غريغور يتحرك ببطء عبر أرضية غرفة المعيشة.

**Das Geigenspiel verstummte sehr schnell.**

سرعان ما توقف عزف الكمان.

**Der mittlere der drei Männer lächelte seine Freunde an.**

ابتسم الرجل الأوسط من بين الرجال الثلاثة لأصدقائه.

**Dann schüttelte er den Kopf und blickte zurück zu Gregor.**

ثم هز رأسه، ونظر إلى غريغور.

**Der Vater hätte Gregor zurück in sein Zimmer schicken können.**

كان بإمكان الأب إجبار غريغور على العودة إلى غرفته.

**Das war jedoch nicht die erste Maßnahme, zu der er sich entschloss.**

لكن ذلك لم يكن الإجراء الأول الذي قرر القيام به.

**Er hielt es für wichtiger, die Herren zu beruhigen.**

كان يعتقد أن تهدئة السادة أهم.

**Obwohl sie von Gregor eigentlich überhaupt nicht verärgert waren.**

على الرغم من أنهم لم يكونوا منزعجين حقًا من غريغور.

**Gregor schien unterhaltsamer als das Geigenspiel.**

بدا غريغور أكثر إمتاعاً من عزف الكمان.

**Er eilte mit ausgestreckten Armen auf sie zu.**

اندفع نحوهم وهو يمد ذراعيه.

**Er gab sein Bestes, um ihren Blick auf Gregor zu verbergen.**

كان يبذل قصارى جهده لإخفاء وجهة نظرهم تجاه غريغور.

**Und er versuchte, sie zur Rückkehr in ihr Zimmer zu bewegen.**

وحاول تشجيعهم على العودة إلى غرفتهم.

**Das hat sie eher ein wenig verärgert.**

بل إن هذا الأمر قد أزعجهم قليلاً.

Es war aber schwer zu sagen, was genau sie störte.

لكن كان من الصعب تحديد ما أزعجهم بالضبط.

Der Vater verdarb die abendliche Unterhaltung.

كان الأب يُفسد متعة الليلة.

Aber sie hatten auch gerade erst von ihrem neuen Mitbewohner erfahren.

لكنهم علموا للتو بأمر زميلهم الجديد في السكن.

Sie hoben die Hände, genau wie der Vater es getan hatte.

رفعوا أيديهم تماماً كما فعل الأب.

Sie verlangten vom Vater eine sofortige Erklärung.

طالبوا الأب بتفسير فوري.

Sie zupften unruhig an ihren Bärten, um eine Antwort zu bekommen.

ظلوا يشدون لحاهم بلا كلل بحثاً عن إجابة.

Und sie bewegten sich rückwärts in ihr Zimmer, aber sehr langsam.

ثم تراجعوا إلى غرفتهم، ولكن ببطء شديد.

Die Unterbrechung hatte die Schwester in eine Trance versetzt.

أدى هذا الانقطاع إلى دخول الأخت في حالة من الذهول.

Sie ließ Geige und Bogen an ihrer Seite herabhängen.

تركت الكمان والقوس يتدليان على جانبها.

Und sie blickte auf die Notenblätter, als ob sie immer noch spielen würde.

ونظرت إلى النوتة الموسيقية كما لو كانت لا تزال تعزف.

Doch dann zog sie sich plötzlich wieder ins Zimmer zurück.

لكنها فجأة سحبت نفسها عائدة إلى الغرفة.

Und sie hatte nun das Gefühl, verloren zu sein, überwunden.

وقد تغلبت الآن على شعورها بالضياع.

Sie legte das Musikinstrument auf den Schoß ihrer Mutter.

وضعت الآلة الموسيقية على حجر والدتها.

Die Mutter saß schwer atmend auf dem Stuhl.

كانت الأم جالسة على الكرسي، تتنفس بصعوبة.

Und dann musste die Schwester ins Nebenzimmer rennen.

ثم اضطرت الأخت إلى الركض إلى الغرفة المجاورة.

Sie musste alles für die Herren vorbereiten.

كان عليها أن تُجهز كل شيء للسادة.

Sie warf die Decken und Kissen in die Luft.

ألقت بالبطانيات والوسائد في الهواء.

Und mit ihren geschickten Händen richtete sie die gesamte Bettwäsche her.

وبيديها الماهرتين قامت بترتيب جميع أغطية الفراش.

Sie war schon fertig, bevor die Herren den Raum erreichten.

انتهت من عملها قبل أن يصل الرجال إلى الغرفة.

Und sie verschwand, bevor sie ihnen in die Quere kam.

وانسلت خارجة قبل أن تعيق طريقهم.

Der Vater schien von seiner eigenen Sturheit beherrscht zu sein.

بدا أن الأب قد وقع أسيراً لعناده.

Und so vergaß er jeglichen Respekt, den er seinen Mietern schuldete.

وهكذا نسي كل الاحترام الذي كان يدين به لمستأجريه.

Er drängte und drängte, bis deren Sprecher Einspruch erhob.

ضغط وضغط حتى اعترض المتحدث باسمهم.

Als er die Tür erreichte, stampfte er wütend mit dem Fuß auf.

داس بقدمه بغضب عندما وصل إلى الباب.

Und damit brachte er den Vater zum Schweigen.

وبذلك أوقف الأب عن الحركة.

„Hiermit erkläre ich", begann er sich an seinen Vermieter zu wenden.

"أعلن بموجب هذا"، بدأ يخاطب مالك العقار.

**Und er hob die Hand und blickte die ganze Familie an.**

ورفع يده ناظراً إلى جميع أفراد العائلة.

**„Hinsichtlich der widerlichen Zustände im Zimmer;“**

"فيما يتعلق بالظروف المقززة للغرفة؛"

**Und er sorgte dafür, dass alle seinen Worten zuhörten.**

وحرص على أن يستمع الجميع إلى كلماته.

**"Hiermit kündige ich meinen Auszug aus meinem Zimmer."**

"أعلن بموجب هذا أنني سأخلي غرفتي".

**Und er unterstrich seine Aussage zusätzlich, indem er auf den Boden spuckte.**

وأكد وجهة نظره أكثر بالبصق على الأرض.

**„Auch die Tage, die ich hier gelebt habe, werde ich nicht bezahlen.“**

"ولن أدفع ثمن الأيام التي عشتها هنا".

**Mit dieser Rückerstattung war er allerdings nicht ganz zufrieden.**

لكنه لم يكن راضياً تماماً عن هذا المبلغ المسترد.

**„Und ich werde erwägen, weitere Forderungen an Sie zu stellen.“**

"وسأدرس تقديم مطالب أخرى ضدك".

**„Glauben Sie mir, solche Forderungen lassen sich sehr leicht rechtfertigen.“**

"صدقني، سيكون من السهل جداً تبرير مثل هذه المطالب".

**Er schwieg und blickte den Vater direkt an.**

صمت ونظر مباشرة إلى الأب.

**Er schien zu erwarten, dass noch etwas passieren würde.**

بدا وكأنه يتوقع حدوث شيء آخر.

**Tatsächlich hatten seine beiden Freunde sofort die gleiche Idee.**

في الواقع، خطرت الفكرة نفسها على بال صديقيه على الفور.

**„Wir stornieren auch unsere Zimmer“, sagten sie unisono.**

وقالوا بصوت واحد: "سنقوم أيضاً بإلغاء حجوزات غرفنا."

Dann packte er den Türgriff und schloss die Tür.

ثم أمسك بمقبض الباب وأغلقه.

Und mit einem lauten Knall schlossen sie sich in ihrem Zimmer ein.

وبصوت دوي عالٍ أغلقوا على أنفسهم في غرفتهم.

Der Vater taumelte mit tastenden Händen zu seinem Stuhl.

ترنّح الأب إلى كرسيه ويداه تتلمّسان.

Und er ließ sich besiegt in den Stuhl fallen.

ثم ترك نفسه يسقط على الكرسي، وقد استسلم للهزيمة.

Es sah so aus, als ob er seinen üblichen Abendschlaf halten würde.

بدا الأمر كما لو أنه كان ذاهباً لأخذ قيلولته المسائية المعتادة.

Sein Kopf nickte jedoch fast so, als ob er nicht gestützt würde.

لكن رأسه أومأ كما لو أنه لم يكن مدعوماً.

Und man konnte sehen, dass er überhaupt nicht schlief.

وكان من الواضح أنه لم يكن نائماً على الإطلاق.

Während all dem hatte Gregor sich nicht von der Stelle gerührt.

طوال كل هذا، لم يتحرك غريغور من مكانه.

Er befand sich noch immer an der Stelle, wo die Herren ihn zuerst gesehen hatten.

كان لا يزال في المكان الذي رآه فيه السادة أولاً.

Selbst wenn er umziehen wollte, fand er es unmöglich.

حتى لو أراد الانتقال، وجد ذلك مستحيلاً.

Entweder aus Enttäuschung oder aus Hunger.

بسبب خيبة أمله، أو بسبب جوعه.

Er war enttäuscht über das Scheitern seines Plans.

شعر بخيبة أمل بسبب فشل خطته.

Und er war geschwächt von dem anhaltenden Hunger, den er verspürte.

وكان ضعيفاً بسبب الجوع الشديد الذي شعر به.

Er war sich sicher, dass sich jeden Moment alle gegen ihn wenden würden.

كان متأكدًا من أن الجميع سينقلبون عليه في أي لحظة.

In Erwartung des unmittelbar bevorstehenden Zusammenbruchs wartete er.

وبهذا التوقع بانهيار وشيك، انتظر.

Die Geige begann vom Schoß der Mutter zu rutschen.

بدأ الكمان ينزلق من على حجر الأم.

Mit einem ohrenbetäubenden Geräusch fiel die Geige zu Boden.

وبصوت مدوٍّ، سقطت الكمان على الأرض.

Doch selbst dieses plötzliche Krachen ließ ihn nicht erschrecken.

لكن حتى هذا الصوت المفاجئ لم يزعجه.

„Liebe Eltern", sagte die Schwester, „so kann es nicht weitergehen."

قالت الأخت: "أيها الوالدان العزيزان، لا يمكن أن يستمر هذا الوضع."

Und um ihrer Aussage Nachdruck zu verleihen, schlug sie mit der Hand auf den Tisch.

ثم ضربت بيدها على الطاولة لتؤكد وجهة نظرها.

"Ich werde den Namen meines Bruders vor diesem Monster nicht aussprechen."

"لن أنطق باسم أخي أمام هذا الوحش".

„Deshalb sage ich es so deutlich wie möglich:"

"لهذا السبب أقول هذا بأوضح صورة ممكنة:"

„Uns bleibt keine andere Wahl, als dieses Tier loszuwerden."

"ليس لدينا خيار سوى التخلص من هذا الحيوان".

„Wir haben unser Bestes getan, um dieses Tier zu tolerieren und zu pflegen."

"لقد بذلنا قصارى جهدنا لتحمل هذا الحيوان والاعتناء به".

„Ich glaube nicht, dass uns irgendjemand auch nur im Geringsten die Schuld geben kann."

"لا أعتقد أن بإمكان أي شخص أن يلومنا ولو قليلاً".

„Sie hat tausendfach Recht", stimmte der Vater zu.

"إنها محقة ألف مرة"، هذا ما وافق عليه الأب.

Die Mutter hatte noch immer nicht wieder richtig Luft bekommen.

لم تكن الأم قد استعادت أنفاسها بالكامل بعد.

Sie begann dumpf in ihre Hand zu husten und atmete schwer.

بدأت تسعل بشكل خافت في يدها، وتتنفس بصعوبة.

Und in ihren Augen begann sich ein wahnsinniger Ausdruck abzuzeichnen.

وبدأت تظهر في عينيها نظرة جنونية.

Die Schwester eilte zu ihrer Mutter und hielt sich die Stirn.

اندفعت الأخت نحو والدتها وأمسكت بجبهتها.

Der Vater schien von den Worten der Schwester inspiriert zu sein.

بدا أن الأب قد تأثر بكلام أخته.

Und seine Gedanken schienen klarer als zuvor.

وبدا أن أفكاره أصبحت أكثر وضوحاً من ذي قبل.

Er hörte auf, mit dem Kopf zu nicken, und setzte sich wieder aufrecht hin.

توقف عن هز رأسه، وجلس منتصباً مرة أخرى.

Und er spielte, in tiefes Nachdenken versunken, mit der Mütze seines Dieners.

وكان يلعب بقبعة خادمه، غارقاً في أفكاره.

Die Teller der Mieter standen noch auf dem Tisch.

كانت أطباق المستأجرين لا تزال على الطاولة.

Und manchmal blickte er zu dem schweigenden Gregor hinüber.

وكان ينظر أحياناً نحو غريغور الصامت.

„Wir müssen versuchen, es loszuwerden", sagte die Schwester zu ihm.

قالت له أخته: "يجب أن نحاول التخلص منه."

Die Mutter war zu sehr mit Husten beschäftigt, um zuzuhören.

كانت الأم منشغلة جداً بالسعال لدرجة أنها لم تستمع.

„Das wird euch beide umbringen, ich sehe es schon kommen."

"سيقتلكما هذا الأمر، أستطيع أن أرى ذلك قادماً بالفعل".

„Wir können nicht alle weiterhin so hart arbeiten wie bisher."

"لا يمكننا جميعاً الاستمرار في العمل بنفس الجدية التي نبذلها".

„Und jeden Tag müssen wir nach Hause kommen und diese Qualen erleiden."

"وكل يوم نعود إلى المنزل لنواجه هذا العذاب".

„Wir können das nicht mehr ertragen. Ich kann das nicht mehr ertragen."

"لم نعد نستطيع تحمل ذلك. لم أعد أستطيع تحمله".

In einem letzten Tränenausbruch sank sie ihrer Mutter in die Arme.

انهارت بين ذراعي والدتها في نوبة بكاء أخيرة.

Die Tränen rannen ihr über das Gesicht und auf das ihrer Mutter.

انهمرت الدموع على وجهها وعلى وجه والدتها.

Und mit einer mechanischen Bewegung wischte sie sich die Tränen weg.

ومسحت دموعها بحركة آلية.

„Mein Kind", sagte der Vater mitfühlend.

قال الأب بصوت حنون: "يا بني."

In seiner Stimme lag tiefes Mitgefühl und Verständnis.

كان في صوته تعاطف وفهم عميقان.

„Aber was sollen wir tun?", gestand er und gab zu, es nicht zu wissen.

"لكن ماذا ينبغي علينا أن نفعل؟" اعترف بأنه لا يعرف.

Die Schwester zuckte nur hilflos mit den Schultern.

هزت الأخت كتفيها في حالة من العجز.

Und ihr anfängliches Selbstvertrauen wich erneut Tränen.

وعادت الدموع لتحل محل ثقتها السابقة.

„Wenn er uns doch nur verstehen würde“, sagte der Vater laut.

قال الأب بصوت عالٍ: "ليته فقط يفهمنا."

Und er fragte sich halb, ob Gregor es vielleicht verstanden hatte.

وتساءل في قرارة نفسه عما إذا كان غريغور قد فهم الأمر.

Die Schwester schüttelte unter Tränen heftig die Hand.

هزت الأخت يدها بعنف وهي تبكي.

Und so signalisierte sie, dass man diese Idee gar nicht erst in Erwägung ziehen sollte.

وهكذا أشارت إلى أنه لا ينبغي التفكير في هذه الفكرة.

„Aber wenn er uns doch nur verstehen würde“, wiederholte der Vater.

"لكن لو أنه فقط فهمنا"، كرر الأب.

Er schloss die Augen und dachte über die Antwort seiner Schwester nach.

أغمض عينيه وتأمل في إجابة أخته.

"Wenn er verstünde, dass eine Vereinbarung mit ihm getroffen werden könnte."

"إذا فهم أنه يمكن التوصل إلى اتفاق معه".

„Aber unter den gegebenen Umständen…“

"لكن مع الوضع الراهن"...

„Es muss weg!“, rief die Schwester, „es ist der einzige Weg.“

صرخت الأخت قائلة: "يجب أن يرحل، إنه السبيل الوحيد."

„Du musst den Gedanken loswerden, dass es Gregor ist.“

"عليك أن تتخلص من فكرة أنه غريغور".

„Dass wir das so lange geglaubt haben, ist unser eigentliches Unglück."

"إن تصديقنا لذلك لفترة طويلة هو مصيبتنا الحقيقية".

„Aber wie kann es Gregor sein?", fragte sie ihren Vater.

"لكن كيف يمكن أن يكون غريغور؟" سألت والدها.

„Er wusste, dass ein solches Tier nicht mit Menschen zusammenleben kann."

"كان يعلم أن مثل هذا الحيوان لا يمكنه التعايش مع البشر".

„Gregor hätte uns schon längst freiwillig verlassen."

"كان غريغور سيتركنا منذ زمن بعيد، طواعيةً".

„Das stimmt, dann hätten wir keinen Bruder mehr."

"هذا صحيح، لن يكون لدينا أخ حينها".

„Aber wir könnten weiterleben und sein Andenken ehren."

"لكن بإمكاننا الاستمرار في العيش وتكريم ذكراه".

„Aber dieses Ungeheuer verfolgt uns und vertreibt unsere Pächter."

"لكن هذا الوحش يطاردنا ويطرد مستأجرينا".

„Es will ganz offensichtlich die ganze Wohnung in Besitz nehmen."

"من الواضح أنها تريد الاستيلاء على الشقة بأكملها".

„Dieses Biest will, dass wir auf der Straße schlafen."

"هذا الوحش يريد أن يجعلنا ننام في الشارع".

"Schau, Vater", rief sie plötzlich, "er bewegt sich schon wieder!"

صرخت فجأة: "انظر يا أبي، إنه يتحرك مرة أخرى"!

Und sie tat etwas, das selbst Gregor nicht verstehen konnte.

وفعلت شيئاً لم يستطع حتى غريغور فهمه.

Sie stieß sich von sich selbst ab, als wolle sie die Mutter opfern.

دفعت نفسها بعيداً، كما لو كانت تضحي بالأم.

Und sie rannte hinter ihrem Vater her, um sich in Sicherheit zu bringen.

وركضت خلف والدها بحثاً عن نوع من الأمان.

**Der Vater war nur deshalb so aufgebracht, weil seine Tochter es war.**

لم يكن الأب منزعجاً إلا لأن ابنته كانت كذلك.

**Doch dann stand auch er auf und hob die Arme über sie.**

لكنه نهض أيضاً، ورفع ذراعيه فوقها.

**Gregor hatte jedoch keinerlei Absicht gehabt, irgendjemanden zu erschrecken.**

لكن غريغور لم يكن ينوي إخافة أحد.

**Er hatte insbesondere nicht die Absicht, seine Schwester zu erschrecken.**

لم تكن لديه أي أفكار على الإطلاق بشأن إخافة أخته.

**Er wollte sich gerade umdrehen und zurück in sein Zimmer gehen.**

كان يحاول فقط العودة إلى غرفته.

**Doch in seinem sich verschlechternden Zustand war selbst das schwierig.**

لكن حتى هذا كان صعباً في ظل تدهور حالته.

**Und er konnte seine Beine nicht mehr vollumfänglich nutzen.**

ولم يعد بإمكانه استخدام جميع ساقيه بشكل كامل.

**Also benutzte er seinen Kopf, um seinen Körper anzuheben und sich umzudrehen.**

لذلك استخدم رأسه لرفع جسده والالتفاف.

**Er hielt inne und suchte in der Familie nach deren Zustimmung.**

توقف للحظة، ونظر حوله بحثاً عن موافقة العائلة.

**Seine guten Absichten schienen erkannt worden zu sein.**

يبدو أن حسن نيته قد تم تقديره.

**Seine Bewegung hatte sie nur kurzzeitig erschreckt.**

لم تكن حركته سوى صدمة مؤقتة بالنسبة لهم.

**Nun blickten sie ihn alle in unglücklichem Schweigen an.**

والآن كانوا جميعاً ينظرون إليه في صمت حزين.

**Die Mutter lag noch immer erschöpft im Sessel.**

كانت الأم لا تزال مستلقية على الكرسي بذراعين، منهكة.

**Vater und Schwester saßen nebeneinander.**

كان الأب والأخت يجلسان بجانب بعضهما البعض.

**»Vielleicht lassen sie mich jetzt umdrehen«, dachte Gregor.**

"ربما سيسمحون لي الآن بالعودة"، فكر غريغور.

**Und er setzte seine unbeholfene Drehbewegung fort.**

واستمر في القيام بحركته الدائرية المحرجة.

**Er konnte die gelegentlichen Atemzüge der Anstrengung nicht unterdrücken.**

لم يستطع كبح أنفاسه المتقطعة التي تنتابه من شدة الجهد.

**Und er war gezwungen, zwischendurch ein paar Mal Pausen einzulegen.**

واضطر إلى أخذ قسط من الراحة مرتين خلال ذلك.

**Niemand drängte ihn jetzt zur Eile; es lag ganz bei ihm.**

لم يعد أحد يجبره على التسرع الآن؛ الأمر متروك له.

**Schließlich vollendete er die langsame und schmerzhafte Drehung.**

وفي النهاية أكمل الانعطاف البطيء والمؤلم.

**Er machte sich sofort auf den Weg zurück in sein Zimmer.**

بدأ على الفور بالعودة مباشرة إلى غرفته.

**Er war erstaunt darüber, wie weit er von seinem Zimmer entfernt war.**

لقد اندهش من مدى بعده عن غرفته.

**Wie war er trotz seiner Schwäche zuvor dorthin gelangt?**

كيف وصل إلى هناك من قبل رغم ضعفه؟

**Er war fast denselben Weg gegangen, ohne es zu bemerken.**

لقد سلك نفس الطريق تقريباً دون أن يلاحظ.

**Er konzentrierte sich jetzt nur noch darauf, so schnell wie möglich zu krabbeln.**

ركز فقط على الزحف بأسرع ما يمكن الآن.

**Das Ausbleiben von Kommentaren störte ihn nicht.**

لم يزعجه عدم وجود أي تعليقات من أي شخص.

**Erst als er schon in der Tür war, drehte er den Kopf.**

لم يلتفت إلا بعد أن دخل من الباب.

**Aber er konnte sich nicht vollständig umdrehen und zurückblicken.**

لكنه لم يتمكن من الالتفاف والنظر إلى الوراء تماماً.

**Denn er spürte, wie sich sein Nacken beim Umdrehen noch mehr versteifte.**

لأنه شعر بأن رقبته تتصلب أكثر عندما استدار.

**Doch er sah, dass sich hinter ihm ohnehin nichts verändert hatte.**

لكنه رأى أن شيئاً لم يتغير خلفه على أي حال.

**Der einzige Unterschied war, dass seine Schwester aufgestanden war.**

الفرق الوحيد هو أن أخته قد وقفت.

**Sein letzter Blick verriet ihm, dass seine Mutter eingeschlafen war.**

أظهرت نظرته الأخيرة أن والدته قد غفت.

**Sobald er in seinem Zimmer war, wurde die Tür geschlossen.**

بمجرد دخوله غرفته، تم إغلاق الباب.

**Und sobald die Tür geschlossen war, wurde der Schrank verriegelt.**

وبمجرد إغلاق الباب، تم قفل المزلاج.

**Gregor erschrak über das unerwartete Geräusch hinter ihm.**

شعر غريغور بالخوف من الضوضاء غير المتوقعة التي صدرت من الخلف.

**Und vor lauter Überraschung knickten seine Beine unter ihm ein.**

وارتخت ساقاه تحته من شدة المفاجأة.

**Es war seine Schwester, die hinter ihm zur Tür geeilt war.**

كانت أُخته هي التي هرعت إلى الباب خلفه.

Sie stand bereits aufrecht da und wartete auf ihn.

كانت قد وقفت هناك بالفعل منتصبة، وانتظرته.

Dann machte sie einen leichten Sprung nach vorn, ohne dass Gregor es hörte.

ثم قفزت للأمام بخفة دون أن يسمعها غريغور.

"Endlich!", rief sie laut, als sie den Schlüssel umdrehte.

"أخيراً!" صاحت بصوت عالٍ وهي تدير المفتاح.

„Was nun?", fragte sich Gregor, allein in der Dunkelheit.

"ماذا الآن؟" تساءل غريغور في نفسه، وحيداً في الظلام.

Er merkte bald, dass er sich überhaupt nicht mehr bewegen konnte.

سرعان ما اكتشف أنه لم يعد قادراً على الحركة على الإطلاق.

Doch seine Unbeweglichkeit überraschte ihn nicht wirklich.

لكنه لم يكن متفاجئاً حقاً من عدم قدرته على الحركة.

Sich auf so dünnen Beinen fortbewegen zu können, erschien lächerlich.

كان التحرك بهذه السيقان النحيلة أمراً سخيفاً.

Er wusste nicht, wie ihm das jemals gelungen war.

لم يكن يعرف كيف تمكن من فعل ذلك من قبل.

Abgesehen davon fühlte er sich aber relativ wohl.

لكن بصرف النظر عن ذلك، شعر براحة نسبية.

Es stimmt, dass er am ganzen Körper tiefe Schmerzen verspürte.

صحيح أنه شعر بألم عميق في جميع أنحاء جسده.

Doch der Schmerz schien immer schwächer zu werden.

لكن بدا أن الألم يضعف أكثر فأكثر.

Und er hatte das Gefühl, der Schmerz würde irgendwann verschwinden.

وشعر أن الألم سيزول في النهاية.

Er spürte den faulen Apfel in seinem Rücken kaum noch.

لم يعد يشعر بالتفاحة الفاسدة في ظهره.

**Er dachte mit Rührung und Liebe an seine Familie zurück.**

استرجع ذكريات عائلته بمشاعر جياشة وحب.

**Er spürte die Gefühle seiner Schwester noch stärker als sie selbst.**

لقد شعر بمشاعر أخته أكثر مما شعرت هي بها.

**Sie hatte Recht mit dem, was sie gesagt hatte; er musste gehen.**

كانت محقة فيما قالته؛ كان عليه أن يرحل.

**Er verbrachte einige Zeit in diesem leeren und friedlichen Zustand.**

لقد أمضى بعض الوقت في هذه الحالة الهادئة والخالدة.

**Die Uhr schlug dreimal, leise, aber bestimmt.**

دقت الساعة ثلاث مرات، بهدوء ولكن بحزم.

**Gregor wurde sanft aus seinen Betrachtungen gerissen.**

أُخرج غريغور بلطف من شروده.

**Er beobachtete, wie das Morgenlicht langsam in sein Zimmer drang.**

راقب ضوء الصباح وهو يدخل غرفته ببطء.

**Dann sank sein Kopf völlig nach unten, ohne dass er es wollte.**

ثم انحنى رأسه إلى الأسفل تماماً، رغماً عنه.

**Und sein letzter Atemzug entwich schwach aus seinen Nasenlöchern.**

وخرجت أنفاسه الأخيرة ضعيفة من أنفه.


**Das Dienstmädchen kam früh am Morgen in sein Zimmer.**

دخلت الخادمة غرفته في الصباح الباكر.

**Bei ihrem üblichen kurzen Besuch fand sie nichts Ungewöhnliches vor.**

لم تجد شيئاً غير عادي خلال زيارتها القصيرة المعتادة.

**Aus Kraft und in Eile knallte sie alle Türen zu.**

بدافع القوة والعجلة، أغلقت جميع الأبواب بقوة.

**An ruhigen Schlaf war in der gesamten Wohnung nicht zu denken.**

لم يكن النوم الهادئ ممكناً في الشقة بأكملها.

**Sie war gebeten worden, dies morgens zu vermeiden.**

طُلب منها تجنب القيام بذلك في الصباح.

**Sie glaubte, er läge absichtlich so regungslos da.**

ظنت أنه كان مستلقياً هناك بلا حراك عن قصد.

**Vielleicht wollte er ihr zeigen, dass er beleidigt war.**

ربما أراد أن يُظهر لها أنه شعر بالإهانة.

**Sie vertraute darauf, dass er über alle Arten von Intelligenz verfügte.**

لقد وثقت به وبأنه يمتلك كل أنواع الذكاء.

**Sie hielt zufällig den langen Besen in der Hand.**

كانت تحمل المكنسة الطويلة في يدها.

**Also versuchte sie von der Tür aus, Gregor ein wenig zu kitzeln.**

لذا، حاولت من الباب أن تدغدغ غريغور قليلاً.

**Sie war etwas verärgert darüber, dass er überhaupt nicht reagierte.**

كانت منزعجة قليلاً لأنه لم يرد على الإطلاق.

**Deshalb stieß sie ihn diesmal etwas energischer an.**

لذا ضغطت عليه بقوة أكبر هذه المرة.

**Als er keinen Widerstand leistete, sah sie genauer hin.**

عندما لم يبدِ أي مقاومة، ألقت نظرة فاحصة.

**Bald begriff sie, was Gregor wirklich zugestoßen war.**

سرعان ما أدركت ما حدث بالفعل لغريغور.

**Sie öffnete die Augen noch weiter und pfiff vor sich hin.**

فتحت عينيها على اتساعهما، وصفّرت لنفسها.

**Doch sie zögerte nicht lange, bevor sie die Tür öffnete.**

لكنها لم تضيع الكثير من الوقت قبل أن تفتح الباب.

Und sie rief mit lauter Stimme in die Dunkelheit:

وصرخت بصوت عالٍ في الظلام:

"Komm und sieh es dir an, da liegt es, völlig tot."

"تعال وانظر، ها هو ذا، ميت تماماً".

Die beiden Eltern saßen aufrecht in ihrem Ehebett.

جلس الوالدان منتصبين في سريرهما الزوجي.

Zuerst mussten sie den Lärmschock überwinden.

كان عليهم أولاً التغلب على صدمة الضوضاء.

Doch dann begannen sie langsam, ihre Botschaft zu verstehen.

لكنهم بدأوا بعد ذلك ببطء في فهم رسالتها.

Herr und Frau Samsa sprangen jeweils von ihrer Seite des Bettes.

قفز السيد والسيدة سامسا كلٌّ على جانبه من السرير.

Herr Samsa warf sich die dicke Decke über die Schultern.

ألقى السيد سامسا البطانية السميكة على كتفيه.

Und Frau Samsa kam nur im Nachthemd heraus.

وخرجت السيدة سامسا وهي لا ترتدي سوى ثوب نومها.

Und so gelangten sie in Gregors Zimmer.

وهكذا دخلوا غرفة غريغور.

Inzwischen hatte sich auch die Tür zum Wohnzimmer geöffnet.

وفي الوقت نفسه، فُتح باب غرفة المعيشة أيضاً.

Grete hatte dort geschlafen, seit die Mieter eingezogen waren.

كانت غريت تنام هناك منذ أن انتقل المستأجرون إلى الشقة.

Sie war vollständig angezogen, als hätte sie überhaupt nicht geschlafen.

كانت ترتدي ملابسها كاملة كما لو أنها لم تنم على الإطلاق.

Ihr blasses Gesicht schien ebenfalls ihren Schlafmangel zu beweisen.

بدا وجهها الشاحب دليلاً على قلة نومها.

„Er ist tot?", fragte Frau Samsa und blickte die Magd an.

سألت السيدة سامسا، وهي تنظر إلى الخادمة: "هل مات؟"

Das hätte sie selbst überprüfen können, indem sie ihn angesehen hätte.

كان بإمكانها التأكد من ذلك بالنظر إليه بنفسها.

„Ich glaube schon", sagte das Dienstmädchen und hob den Besen auf.

"أعتقد ذلك"، قالت الخادمة وهي تلتقط المكنسة.

Und sie schob seinen Körper ein langes Stück über den Boden.

ودفعت جسده مسافة طويلة عبر الأرض.

Frau Samsa machte eine Bewegung, als wolle sie sie aufhalten.

قامت السيدة سامسا بحركة كما لو كانت تريد إيقافها.

Doch am Ende ließ sie das Dienstmädchen Gregor herumschieben.

لكنها في النهاية سمحت للخادمة بأن تخدع غريغور.

„Nun", sagte Herr Samsa, „endlich können wir Gott danken."

قال السيد سامسا: "حسنًا، أخيرًا يمكننا أن نشكر الله."

Er bekreuzigte sich; Kopf, Brust, Schultern.

رسم إشارة الصليب؛ الرأس، الصدر، الكتفين.

Und die drei Frauen folgten seinem religiösen Beispiel.

واقتدت النساء الثلاث به في سلوكهن الديني.

Grete, die den Blick nicht von der Leiche abwandte, sagte:

قالت غريت، التي لم ترفع عينيها عن الجثة:

„Seht nur, wie dünn er war! Er hat so lange nichts gegessen."

"انظروا كم كان نحيفاً، لم يأكل منذ مدة طويلة".

„Das Futter, das ich ihm jeden Morgen hinstellte, war immer unberührt."

"كان الطعام الذي أتركه له كل صباح يبقى دائماً دون أن يمسه أحد".

Tatsächlich war Gregors Körper völlig flach und trocken.

في الواقع، كان جسد غريغور مسطحاً وجافاً تماماً.

Dies war nun, da er am Boden lag, deutlicher zu erkennen.

أصبح هذا الأمر أكثر وضوحاً الآن بعد أن أصبح على الأرض.

Weil sein Körper nicht mehr von seinen Beinen hochgehalten wurde.

لأن جسده لم يعد مرفوعاً بواسطة ساقيه.

Und weil es nichts anderes gab, was die Aussicht beeinträchtigte.

ولأنه لم يكن هناك شيء آخر يشتت الانتباه عن المنظر.

„Komm doch für eine Weile mit uns herein, Grete", sagte Frau Samsa.

قالت السيدة سامسا: "تعالي معنا لبعض الوقت يا غريت."

Während sie sprach, lag ein gequältes Lächeln auf ihren Lippen.

كانت ابتسامة مؤلمة ترتسم على شفتيها وهي تتحدث.

Grete folgte ihnen, blickte aber auch immer wieder zurück auf die Leiche.

تبعتهم غريت، لكنها نظرت أيضاً إلى الجثة.

Das Dienstmädchen schloss die Tür und öffnete das Fenster ganz.

أغلقت الخادمة الباب وفتحت النافذة بالكامل.

Es war noch früh, daher wäre die Luft normalerweise kalt.

كان الوقت لا يزال مبكراً، لذا من الطبيعي أن يكون الجو بارداً.

Doch in der kalten Luft lag auch ein Hauch von Wärme.

لكن كان هناك أيضاً مزيج من الدفء في الهواء البارد.

Wie eine sanfte Erinnerung daran, dass es nun Ende März war.

وكأنها تذكير لطيف بأننا الآن في نهاية شهر مارس.

Die drei Mieter verließen nun ebenfalls ihr Zimmer.

ثم خرج المستأجرون الثلاثة من غرفتهم.

Sie schauten sich staunend nach ihrem Frühstück um.

نظروا حولهم بدهشة بحثاً عن وجبة الإفطار.

Das Frühstück wurde vergessen, wegen dem, was das Dienstmädchen gefunden hatte.

تم نسيان وجبة الإفطار بسبب ما وجدته الخادمة.

„Wo gibt es Frühstück?", grummelte der mittlere Herr.

"أين الفطور؟" تذمر الرجل الذي كان في المنتصف.

Das Dienstmädchen legte den Finger an den Mund, um Ruhe zu gebieten.

وضعت الخادمة إصبعها على فمها لتأمر بالهدوء.

Und sie winkte den Herren hastig und stumm zu.

ولوّحت بسرعة وبصمت للسادة.

Das Dienstmädchen geleitete die drei Herren in den Raum.

أدخلت الخادمة الرجال الثلاثة إلى الغرفة.

Und sie erklärte ihnen weiterhin, was geschehen war.

وواصلت شرح ما حدث لهم.

Und die drei Herren standen um Gregors Leichnam herum.

ووقف الرجال الثلاثة حول جثة غريغور.

Mit den Händen in den Taschen blickten sie nach unten.

وضعوا أيديهم في جيوبهم ونظروا إلى الأسفل.

Das Morgenlicht hatte den Raum nun vollständig durchflutet.

لقد غمر ضوء الصباح الغرفة بالكامل الآن.

Dann öffnete sich die Schlafzimmertür und Herr Samsa erschien.

ثم انفتح باب غرفة النوم وظهر السيد سامسا.

Auf der einen Seite saß seine Frau, auf der anderen seine Tochter.

كانت زوجته على جانب، وابنته على الجانب الآخر.

Herr Samsa trug inzwischen bereits seine Uniform.

كان السيد سامسا يرتدي زيه الرسمي بالفعل في ذلك الوقت.

Man konnte sehen, dass sie alle ein bisschen geweint hatten.

كان من الواضح أن جميعهم كانوا يبكون قليلاً.

Grete drückte ihr Gesicht an den Arm ihres Vaters.

ضغطت غريت وجهها على ذراع والدها.

„Verlassen Sie sofort meine Wohnung!", befahl Herr Samsa.

"اخرج من شقتي فوراً!" أمر السيد سامسا.

Und er deutete auf die Tür, ohne die Frauen gehen zu lassen.

وأشار إلى الباب دون أن يترك النساء يذهبن.

„Was meinen Sie damit?", fragte der Mittelsmann
verunsichert.

سأل الوسيط في حيرة: "ماذا تقصد؟"

Und er gab sich alle Mühe, Herrn Samsa freundlich
anzulächeln.

وبذل قصارى جهده ليبتسم بلطف للسيد سامسا.

Die anderen beiden hielten ihre Hände hinter dem Rücken.

أما الاثنان الآخران فقد وضعا أيديهما خلف ظهورهما.

Und sie rieben sich erwartungsvoll die Hände.

وفركوا أيديهم ببعضها البعض ترقباً.

Offenbar erwarteten sie einen lauten Streit.

بدا أنهم يتوقعون حدوث شجار صاخب.

Aber sie schienen sich auf die bevorstehende
Auseinandersetzung zu freuen.

لكن يبدو أنهم كانوا سعداء بالجدال القادم.

Sie dachten, der Streit würde zu ihren Gunsten ausgehen.

كانوا يعتقدون أن النزاع سيكون في صالحهم.

„Ich meine genau das, was ich eben gesagt habe", antwortete
Herr Samsa.

أجاب السيد سامسا: "أعني بالضبط ما قلته للتو."

Er ging mit seinen beiden Begleitern in einer geraden Linie.

سار في خط مستقيم مع رفيقيه.

Und Herr Samsa ging direkt auf ihren Anführer zu.

وتوجه السيد سامسا مباشرة إلى رئيسهم.

Der Herr blieb zunächst stehen und blickte zu Boden.

وقف الرجل في البداية ساكناً، ناظراً إلى الأرض.

Die Gedanken in seinem Kopf waren noch im Wandel.

كانت محتويات رأسه لا تزال تتشكل.

"Gut, dann gehen wir", sagte er und blickte zu Herrn Samsa auf.

قال: "حسنًا، سنذهب"، ثم نظر إلى السيد سامسا.

Eine neue Demut schien ihn plötzlich ergriffen zu haben.

بدا وكأن تواضعاً جديداً قد غلب عليه فجأة.

Und er schien um Erlaubnis für diese Entscheidung zu bitten.

وبدا أنه يستأذن قبل اتخاذ هذا القرار.

Herr Samsa öffnete die Augen weit und nickte leicht.

فتح السيد سامسا عينيه على اتساعهما وأومأ برأسه قليلاً.

Die Herren folgten seinem Befehl unverzüglich.

امتثل السادة لأمره على الفور.

Und sie machten tatsächlich große Schritte in den Flur hinein.

وقد خطوا خطوات واسعة بالفعل في الردهة.

Seine Freunde hatten bereits aufgehört, sich die Hände zu reiben.

توقف أصدقاؤه بالفعل عن فرك أيديهم.

Sie hatten mitgehört, wie das Gespräch verlaufen war.

كانوا يستمعون إلى كيفية سير المحادثة.

Und nun rannten sie ihm nach, als ob sie Angst hätten.

وكانوا يركضون خلفه الآن، كما لو كانوا خائفين.

Es ist möglich, dass Herr Samsa sie immer noch von ihrem Anführer isoliert.

قد يعزلهم السيد سامسا عن قائدهم.

Sie zogen ihre Stöcke aus dem Stöckebehälter.

أخرجوا عصيهم من علبة العصي.

Und sie verbeugten sich schweigend, bevor sie die Wohnung verließen.

وانحنوا في صمت قبل أن يغادروا الشقة.

**Herr Samsa und die beiden Frauen traten aus dem Vorplatz.**

خرج السيد سامسا والمرأتان من الساحة الأمامية.

**Aber eigentlich hatten sie keinen Grund, den Männern zu misstrauen.**

لكن في الحقيقة لم يكن لديهم أي سبب لعدم الثقة بالرجال.

**Sie lehnten sich ans Geländer, um zu überprüfen, ob sie weg waren.**

استندوا على الدرابزين للتأكد من أنهم قد ذهبوا.

**Die drei Herren kamen tatsächlich die Treppe herunter.**

كان الرجال الثلاثة ينزلون الدرج بالفعل.

**In einer bestimmten Kurve der Treppe verschwanden sie.**

اختفوا عند منعطف معين من الدرج.

**Und dann brachte die Treppe sie wieder in Sichtweite.**

ثم أعادهم الدرج إلى الظهور.

**Dieses Erscheinen und Verschwinden wiederholte sich auf jeder Etage.**

يتكرر هذا الظهور والاختفاء في كل طابق.

**Doch schließlich waren sie fast am Ziel.**

لكنهم في النهاية كادوا أن يصلوا إلى القاع.

**Je weiter sie gingen, desto uninteressanter wurden sie.**

كلما توغلوا أكثر، كلما أصبحوا أقل إثارة للاهتمام.

**Alle kehrten erleichtert ins Haus zurück.**

عاد الجميع إلى المنزل، وكأنهم شعروا بالارتياح.

**Sie beschlossen, den Tag zum Ausruhen und für einen Spaziergang zu nutzen.**

قرروا استغلال اليوم للراحة والذهاب في نزهة.

**Sie waren der Meinung, dass sie sich diese Auszeit von ihrer Arbeit verdient hatten.**

شعروا أنهم يستحقون هذه الاستراحة من عملهم.

**Sie hatten diese Auszeit nicht nur verdient, sie brauchten sie auch.**

لم يكونوا يستحقون هذه الاستراحة فحسب، بل كانوا بحاجة إليها.

Sie setzten sich an den Tisch, um Entschuldigungsbriefe zu schreiben.

جلسوا على الطاولة ليكتبوا رسائل اعتذار

Herr Samsa verfasste seinen Entschuldigungsbrief an die Geschäftsleitung.

كتب السيد سامسا رسالة اعتذار إلى إدارته.

Frau Samsa schrieb ihren Entschuldigungsbrief an ihre Kunden.

كتبت السيدة سامسا رسالة اعتذار لعملائها.

Und Grete schrieb ihren Entschuldigungsbrief an ihren Schulleiter.

وكتبت غريت رسالة اعتذارها إلى مديرة مدرستها.

Während alle schrieben, kam das Dienstmädchen ins Zimmer.

وبينما كانوا جميعاً يكتبون، دخلت الخادمة إلى الغرفة.

Ihre Arbeit am Vormittag war erledigt, also ging sie nach Hause.

انتهى عملها الصباحي، لذا كانت ستعود إلى المنزل.

Die drei Schriftsteller nickten zunächst, ohne aufzusehen.

أومأ الكتّاب الثلاثة برؤوسهم في البداية، دون أن يرفعوا أعينهم.

Das Dienstmädchen schien aber noch nicht gehen zu wollen.

لكن الخادمة لم تبدُ راغبةً في المغادرة بعد.

Sie wartete einen Moment, bis die drei Schriftsteller aufblickten.

انتظرت قليلاً، حتى رفع الكتّاب الثلاثة أنظارهم.

„Na?", fragte Herr Samsa verärgert, genau wie die anderen.

"حسنًا؟" سأل السيد سامسا غاضبًا، كما كان الآخرون.

Das Dienstmädchen stand mit einem Lächeln im Gesicht in der Tür.

وقفت الخادمة عند المدخل وعلى وجهها ابتسامة.

Sie erweckte den Eindruck, gute Neuigkeiten zu verkünden zu haben.

أعطت انطباعاً بأنها تحمل أخباراً سارة.

**Aber sie würde die Neuigkeit nicht preisgeben, solange sie nicht dazu aufgefordert würde.**

لكنها لم تكن لتنشر الخبر إلا إذا طُلب منها ذلك.

**Die aufrecht stehende Straußenfeder an ihrem Hut schwankte leicht.**

تمايلت ريشة النعامة المنتصبة على قبعتها قليلاً.

**Diese Straußenfeder hatte Herrn Samsa schon immer geärgert.**

لطالما أزعجت ريشة النعامة تلك السيد سامسا.

**„Also, was wollen Sie dann?", fragte Frau Samsa bestimmt.**

"إذن، ماذا تريدين؟" سألت السيدة سامسا بحزم.

**Das Dienstmädchen hatte nach wie vor großen Respekt vor Frau Samsa.**

لا تزال الخادمة تكنّ احتراماً كبيراً للسيدة سامسا.

**„Ja", antwortete sie und lachte freundlich auf.**

أجابت قائلة: "نعم"، ثم انفجرت في ضحكة ودية.

**Einen Moment lang unterbrach sie ihr Lachen und sie verstummte.**

للحظة، منعها ضحكها من الكلام.

**„Um das Ding nebenan brauchst du dir keine Sorgen zu machen."**

"لا داعي للقلق بشأن ذلك الشيء المجاور".

**„Ich habe bereits dafür gesorgt, wie wir es loswerden."**

"لقد رتبت بالفعل لكيفية التخلص منه".

**Frau Samsa und Grete schrieben ihre Briefe weiter.**

واصلت السيدة سامسا وغريت كتابة رسائلهما.

**Herr Samsa bemerkte jedoch, dass das Dienstmädchen noch nicht fertig war.**

لكن السيد سامسا لاحظ أن الخادمة لم تنتهِ بعد.

**Nun wollte sie alles genauer beschreiben.**

والآن أرادت أن تصف كل شيء بمزيد من التفصيل.

Doch er streckte die Hand aus, um ihre Annäherungsversuche zurückzuweisen.

لكنه مدّ يده ليرفض محاولاتها.

Sie erkannte, dass sie an ihren Plänen kein Interesse hatten.

أدركت أنهم غير مهتمين بخططها.

Und dann erinnerte sie sich an die große Eile, in der sie gewesen war.

ثم تذكرت العجلة الكبيرة التي كانت عليها.

„Dann tschüss", sagte sie, sichtlich beleidigt über das mangelnde Interesse.

قالت: "وداعاً إذن"، وقد شعرت بالإهانة من قلة الاهتمام.

Bevor sie ging, knallte sie die Tür jedoch mit einem lauten Knall zu.

لكن قبل أن تغادر، أغلقت الباب بقوة شديدة.

„Sie wird heute Abend entlassen", sagte Herr Samsa.

قال السيد سامسا: "سيتم فصلها في المساء."

Seine Frau und seine Tochter hatten jedoch keine Zeit, ihm zu antworten.

لكن زوجته وابنته كانتا مشغولتين للغاية بحيث لم تتمكنا من الرد عليه.

Weil das Dienstmädchen ihren gerade erst gewonnenen Frieden gestört hatte.

لأن الخادمة قد أزعجت سلامهم الذي نالوه حديثاً.

Die Mutter und die Tochter standen auf und gingen zum Fenster.

نهضت الأم وابنتها للذهاب إلى النافذة.

Und so blieben sie mit den Armen umeinander liegen.

وبقيا هناك وأذرعهما ملتفة حول بعضهما البعض.

Herr Samsa drehte sich in seinem Stuhl um, um sie anzusehen.

استدار السيد سامسا في كرسيه لينظر إليهم.

Und eine Weile lang beobachtete er sie schweigend, wie sie dort standen.

وظل يراقبهم وهم واقفون هناك بهدوء لبعض الوقت.

Schließlich rief er ihnen zu: „Willst du zu mir kommen?"

وأخيراً نادى عليهم قائلاً: "هل ستأتون إليّ؟"

„Vergessen wir doch einfach all den alten Kram."

"دعونا ننسى كل تلك الأشياء القديمة، أليس كذلك؟"

"Komm her und schenk mir ein wenig deiner Aufmerksamkeit."

"تعال إليّ وأعطني بعضاً من انتباهك".

Die beiden Frauen taten, wie er gesagt hatte, und eilten zu ihm hinüber.

فعلت المرأتان ما قاله، وهرعتا إليه.

Sie umarmten ihn herzlich und küssten ihn.

عانقوه بحنان وقبلوه.

Sie kehrten schnell zurück, um ihre Briefe fertig zu schreiben.

عادوا بسرعة لإكمال كتابة رسائلهم.

Dann verließen alle drei gemeinsam die Wohnung.

ثم غادر الثلاثة الشقة معاً.

Sie waren seit Monaten nicht mehr zusammen aus dem Haus gegangen.

لم يخرجا من المنزل معاً منذ شهور.

Und sie fuhren mit der Straßenbahn an den Stadtrand.

ثم استقلوا الترام إلى ضواحي المدينة.

Sie hatten den gesamten Waggon der Straßenbahn für sich allein.

كانت عربة الترام بأكملها ملكاً لهم.

Von draußen strömte Sonnenschein durch das Fenster.

غمرت أشعة الشمس المكان من خلال النافذة قادمة من الخارج.

Die Familie lehnte sich bequem in ihren Sitzen zurück.

استرخى أفراد العائلة في مقاعدهم براحة.

Und sie besprachen die Aussichten für ihre Zukunft.

وناقشوا آفاق مستقبلهم.

**Bei näherer Betrachtung waren ihre Aussichten gar nicht so schlecht.**

وبعد التدقيق، تبين أن آفاقهم لم تكن سيئة.

**Alle drei hatten Jobs mit dem Potenzial, mehr zu verdienen.**

كان لدى الثلاثة وظائف تتيح لهم إمكانية كسب المزيد من المال.

**Sie hatten einander nie nach ihrer Arbeit gefragt.**

لم يسأل أحدهما الآخر قط عن عمله.

**Doch nun hatten sie endlich Zeit, solche Dinge zu besprechen.**

لكن الآن أصبح لديهم أخيراً الوقت لمناقشة مثل هذه الأمور.

**Sie hatten auch die Möglichkeit, in eine kleinere Wohnung umzuziehen.**

كان لديهم أيضاً خيار الانتقال إلى شقة أصغر.

**Dies hätte den größten Einfluss auf ihr Leben.**

سيكون لهذا الأمر أكبر الأثر على حياتهم.

**Ihre jetzige Wohnung hatte Gregor ausgesucht.**

تم اختيار شقتهم الحالية من قبل غريغور.

**Aber jetzt könnten sie in eine günstigere Gegend ziehen.**

لكن الآن بإمكانهم الانتقال إلى مكان أكثر ملاءمة من حيث التكلفة.

**Eine kleinere Wohnung, aber eine praktischere.**

شقة أصغر، لكنها مكان أكثر عملية.

**Das Gespräch über die Zukunft machte Grete wieder lebendiger.**

الحديث عن المستقبل جعل غريت أكثر حيوية من جديد.

**Herr und Frau Samsa bemerkten auch andere Veränderungen an ihr.**

لاحظ السيد والسيدة سامسا تغييرات أخرى فيها أيضاً.

**Ihre Wangen waren vor lauter Sorgen ganz blass geworden.**

شحب وجهها من كثرة همومها.

**Doch ihre Tochter entwickelte sich inzwischen zu einer feinen jungen Dame.**

لكن ابنتهما الآن تتفتح لتصبح سيدة رائعة.

Sie war mittlerweile wirklich eine wohlproportionierte und hübsche junge Frau.

لقد أصبحت حقاً شابة جميلة وذات بنية جيدة الآن.

Ihre Eltern wurden still und bewunderten ihre Tochter.

صمت والداها وأعجبا بابنتهما.

Sie wechselten Blicke und kommunizierten unbewusst.

تبادلوا النظرات، وتواصلوا فيما بينهم دون وعي.

„Es wird bald an der Zeit sein, einen guten Mann für sie zu finden."

"سيحين الوقت قريباً لإيجاد رجل صالح لها".

Die Straßenbahn hatte ihr Ziel erreicht und bremste ab.

وصل الترام إلى وجهته وخفف سرعته.

Ihre Tochter schien ihre neuen Träume zu bestätigen.

بدت ابنتهما وكأنها تؤكد أحلامهما الجديدة.

Sie war die Erste, die aufstand und ihren jungen Körper streckte.

كانت أول من نهضت ومددت جسدها الصغير.

www.ingramcontent.com/pod-product-compliance
Lightning Source LLC
Chambersburg PA
CBHW011037190726
48290CB00011B/2890